KB107395

십생구사

서유경 옮김

박문사

〈십생구사〉는 이운선을 주인공으로 하여 여러 번의 죽을 운수를 넘기는 이야기를 담은 소설이다. 〈십생구사〉는 일종의 연명 소설이라 할 수 있다. 연명 소설은 연명 설화와 깊은 관련을 지닌다. 연명 소설에서 공통적으로 다루어지는 내용은 죽을 운명을 지닌 주인공이 죽지 않기 위해 길을 떠나 모험을 하고, 여성과의 결합을 통해 죽음도 극복하고 출세도 하여 영화로운 삶을 누린다는 것이다. 〈십생구사〉에도 이운선이 이러한 삶의 문제를 해결해 나가는 과정이 잘 구현되어 있다.

〈십생구사〉라는 작품명은 주로 활자본으로 간행된 이본에서 보이고, 국문 필사본으로 전하는 이본의 제목으로는 〈개똥추임록〉, 〈이운선전〉 등이 있다. 국문 활자본 〈십생구사〉는 세창서관, 삼문사, 대성서림, 성문당서점 등에서 다수 발간된 것으로 보인다. 활자본의 제목에는 '충의소설'이 부기 되어 있는 경우도 많다. 자료별로 분량 차이가 있으나, 전체 서사 내용은 대체로 비슷한 것으로 보인다. 이러한 활자본의 존재로 볼때, 〈십생구사〉는 1930년대를 전후로 하여 상당히 인기를 누린 것으로 보인다.

이 책에서 다룬 자료는 대성서림에서 1926년에 간행된 것으로 전체 50쪽 분량이다. 〈십생구사〉의 대략적인 내용은 다음과 같다.

자식이 없어 탄식하던 승승 부부가 태몽을 꾸고 아들을 낳아 이름을 운선이라 한다. 그런데 어느 날 노승이 시주하러 왔다가 운선이 십 년 후 횡액을 만나 죽을 것이라 한다. 승상이 노승에게 간곡히 부탁하여 아들을 살릴 방법을 듣고, 장애가 있는 개똥이와 함께 아들을 집에서 내보낸다.

운선과 개똥은 구걸을 하며 다니다가 몇 년 뒤 영보산 청룡사에 가서 지내게 된다. 운선이 성장하여 문장 실력을 갖추었을 때 과거 시험 소식을 듣고 개똥과 운선은 황성을 간다.

운선은 맹 선생에게 점을 보러 갔는데, 맹 선생이 운선에게 십사일 밤을 넘길 수 없다 한다. 죽음을 면할 방법은 김각노의 딸 옥향을 만나는 것이라 한다.

한편 백선민 승상의 아들 운선이 탄생하는데, 김각노가 백운선의 소문을 듣고 딸과 혼인시키려 한다. 김각노는 미리 글제를 지어 보내며 혼인을 약속한다.

김각노의 딸을 시중드는 화선이 죽음을 피할 방법을 고민하는 운선을 우연히 만나게 된다. 화선의 도움을 받아 운선은 여자 옷을 입고 옥향의 방에 들어간다. 운선과 옥향은 하룻밤 운우지정을 나누고 운선은 죽을 위기를 옥향 덕분에 넘긴다.

옥향이 운선에게 과거급제할 방도를 알려주어 운선이 과거에 급제하고, 운선이 돌아오자 갑자기 개똥에게 있던 모든 질병과 장애가 없어진다. 이운선은 김 낭자와 혼례 후 다시 죽을 액을 넘기고 범죄 사건도 해결하여 임금의 인정을 받아 부모와 함께 잘 살게 된다.

이렇게 〈십생구사〉의 내용은 주인공 이운선이 충직한 하인 개똥이의 도움을 받아 죽을 고비를 넘기고 현명한 여인과 결혼하여 잘 살게 되는 것이다. 이운선이 죽을 고비를 여러 번 넘기기에 이 소설의 제목이 '십생구사'가 되었다 할 수 있으며, 여러 번의 죽을 고비를 넘겨 결국 살아남기 때문에 연명 소설로 불린다 할 수 있다.

〈십생구사〉를 현대어로 다시 쓰면서 원문을 바탕으로 최대한 충실하게 옮기고자 하였다. 그러면서 현대의 독자가 쉽게 읽을 수 있도록 풀어쓰면서 의미가 분명해지도록 서술을 보완하기도 하였다. 여러 번 검토하며 수정, 보완하는 작업을 거쳤지만 여전히 더 고쳐야 할 부분이 있을지도 모르겠다. 옮긴이의 부족함으로 이해해 주시길 바란다.

〈십생구사〉를 함께 읽고, 검토에 참여한 제자 함주희와 구서경에게 고마운 마음을 전하고 싶다. 또한 책을 펴낼 수 있도록 허락해 주신 윤석현 사장님과 책을 읽기 좋게 잘 만들어 주신 편집진께 감사드린다.

서유경

충의소셜 십생구사

忠義小說 十生九死

1

이째난 맛침 츄구월 망간이라 월색은 만졍하고 상풍은 소슬한대 산쳔 초목도 봄철을 다 보내고 어내덧 단풍낙엽 되난고나 이 내 인생 혜아리니 묘창해지일속이오 탄광음지백년이라 무졍셰월 여류한대 부유갓흔 이 셰상에 엇지하면 빈부귀쳔과 사생궁달이 사람마다 째가 잇셔 엇던 사람 팔자 죠와 유자생녀하고 남혼녀가 하며 백년이 다 진토록 무한이 질기다가 셰샹만사 다 바리고 요지연의 셔왕모를 째라 쥬궁패궐¹⁾ 죠흔 집에 상산사호²⁾ 벗을 삼아 해악반도³⁾ 안쥬노코 금졍옥액 슐을 부어 진취토록 질기면셔 만만셰를 누리것만 이 내 팔자 긔박하야 남녀간의 자식 하나 업셔 이대도록 한심하고 장장츄야⁴⁾ 긴긴 밤에 견견불매⁵⁾ 잠 못 들어 장우단탄⁶⁾ 지내갈 제

이때는 마침 추구월 망간이었다.

달빛은 뜰에 가득하고 서늘한 가을바람은 소슬하니 산천초목도 봄철을 다 보내고 어느덧 단풍낙엽 되는구나!

이 내 인생 헤아리니 넓고 망망한 바닷속 좁쌀 같은 보잘것없는 인간이요, 백 년 세월을 한탄하는구나.

무정한 세월이 물같이 흐르니 떠다니는 공기 같은 이 세상에서 어찌하여 가난하고 부유함, 귀하고 천한 것, 살고 죽는 것이 사람마다 때가 있는 것인가? 어떤 사람은 팔자가 좋아 아들딸 많이 낳고 시집 장가보내며 백 년이 다하도록 무한히 즐기다가 세상만사 다 버리고 요지연의 서왕모를 따라 궁궐같이 아름다운 집에서 신선들과 벗이 되어 반도복숭아 안주 삼아 귀한 약 같은 술을 부어 취하도록 즐기면서 영원한 삶을 누리는구나. 그런데 이 내 팔자 기박하여 남녀 간에 자식 하나 없어 이다지 한심하고 가을밤 긴긴밤에 전전불매 잠 못 들어 끊임없는 탄식으로 지내는구나.

일일은 부인으로 더부러 탄식 왈 우리 양인이 부부 되여나셔
세대 명문거쪽으로 벼살이 상셔의 니르고 재산이 부요하야 세
상에 글일 거시 업스나

어느 날 부인에게 탄식하여 말하기를

"우리 두 사람이 부부가 되어 세상에서 명문거족으로 살며 벼슬이 상서에 이르고 재산이 부요하니 세상에서 부러워할 것이 없습니다.

2

다만 슬하의 일점혈육이 업셔 죠션의 항화를 쓴케 되니 엇지
한심하고 망극지 아니하리오 녯글에 하였스되 불효 삼쳔지죄
의 무후위대라 하얏거날 일후 디하의 도라간들 무삼 면목으로
죠션을 뵈오리오 한대 부인이 츄연 탄왈 우리 무자함은 다 첩
의 죄악이 심즁하와도 상셔의 후덕으로 바리지 아니시고 죤문
에 의탁게 하옵시니 그 은혜 백골난망이로쇼이다 양가 슉녀를
취하오셔 귀자를 졈지케 하옵쇼셔 상셔 대왈 나의 팔자 긔구하
여 자식이 업나니 엇지 부인을 원망하리오 하고 인하야 쥬찬을
내여 셔로 권하며 위로하더니 날이 져물매 각각 침소로 도라갓
더니 이날 밤의 부인이 일몽을 어드니 텬문이 열니여 한 션관이
구름을 타고 나려와

다만 슬하에 자식이 하나도 없어 조상 제사가 끊어지게 되었으니 어찌 한심하고 슬프지 않겠습니까? 옛글에 이르기를 '사람이 저지르는 삼천 가지 죄 중에서 자손이 없는 것이 가장 큰 불효 죄다.'라고 하였습니다. 그러니 뒷날 지하에 돌아간들 무슨 면목으로 조상을 뵙겠습니까?"

하니 부인이 서글프게 탄식하며 말했다.

"우리에게 자식이 없는 것은 다 저의 잘못 때문입니다. 제 죄가 매우 중한데도 상서께서 후한 덕으로 저를 버리지 아니하시고 귀한 가문에 의탁하게 하시니 그 은혜 백골난망(白骨難忘)입니다. 상서께서는 좋은 집안의 여인을 취하시어 자식을 얻으시기 바랍니다."

상서가 대답하기를

"나의 팔자가 기구하여 자식이 없는 것이니 어찌 부인을 원망하겠습니까?"

하였다. 그리고 술과 안주를 내어 서로 권하며 위로하다가 날이 저무니 각각 침소로 돌아갔다. 이날 밤에 부인이 꿈을 하나 꾸었는데 하늘 문이 열리며 선관 하나가 구름을 타고 내려와

한 동자를 가르쳐 왈 이 아희난 본대 동해 룡왕의 아들이라 샹
데게 득죄하야 인간에 내치시매 의탁할 곳이 업삽더니 남악 산
신령이 지시하기로 다려왓사오니 부인은 귀히 길너 후사를 전
하옵쇼셔 하며 표연이 가거날 부인이 몽즁이나 황공하여 선관
을 향하야 무슈이 재배하다가 깨다르니 침상일몽7)이라 즉시
상셔를 청하야 몽사를 셜화하니 샹셔 답왈 우리 무자함

어린 소년 한 명을 가리키며

"이 아이는 본래 동해 용왕의 아들인데 옥황상제에게 죄를 지었습니다. 옥황상제가 인간 세상으로 내치셨는데 이 아이가 의탁할 곳이 없었으나 남악의 산신령이 여기로 지시하시어 데려왔사오니 부인은 귀히 길러 후사를 보옵소서."

하고서는 표연히 갔다. 부인이 꿈속이기는 하나 황공하여 선관을 향하여 무수히 절하다가 깨달으니 잠깐 꾼 꿈이었다. 즉시 상서를 청하여 꿈 이야기를 하니 상서가 말하기를

"우리에게 자식이 없는 것을

3

을 창천이 굽어 살피샤 귀자를 졈지하시도다 하더니 과연 그달
부터 잉태하야 십삭 만에 일개 옥동을 생할새 오색채운이 집을
들너 지척을 분변치 못하며 향내 진동하더라 유아를 본즉 비록
강보에 싸엿스나 긔골이 쟝대하고 음셩이 쇄락하여 사람을 놀
내니 샹셔 대희하야 일홈을 운션이라 하고 자난 해몽이라 하다
운션이 졈졈 자라 오셰를 당하야 총명이 과인하며 범백이 민쳡
하매 샹셔 부부 사랑하여 단슈할가 렴녀하더니 일일은 한 노승
이 지나다가 문젼에 와 염불하며 동량을 달나 하거날 부인이
듯고 시비 츄월을 불너 왈 문 밧게 동량하난 즁이 왓스니 졍한
곡식으로 후이 쥬라 하신대 츄월이 쳥령하고 백미 한 말을 가
지고 나갈새 운션이 츄월을 짜라 나가 구경하더니 그 즁이 운
션을 이윽히 보다가

하늘이 굽어살피시어 귀한 자식을 점지하셨나 봅니다."

하였다. 그랬는데 과연 그달부터 부인이 잉태하여 열 달 만에 옥동자를 낳았다. 그 아들을 낳을 때 오색 채운이 집을 둘러 지척을 분별하지 못할 정도였고 향내가 진동하였다.

태어난 아기를 보니 비록 강보에 싸였으나 기골이 장대하고 음성이 맑아 사람을 놀라게 하였다. 상서가 크게 기뻐하여 이름을 운선이라 하고 자를 해몽이라 하였다.

운선이 점점 자라 다섯 살이 되었을 때 총명이 매우 뛰어나고 갖가지 모든 면에서 민첩하니 상서 부부가 사랑하여 일찍 죽을까 염려하였다.

하루는 노승(老僧) 하나가 지나다가 문 앞에 와서 염불을 하며 동냥을 달라 하였다.

부인이 듣고 여자 하인 추월을 불러서 말하기를

"문밖에 동냥하는 승려가 왔으니 좋은 곡식으로 후하게 주어라."

하시니 추월이 명을 받고 쌀 한 말을 가지고 나갔다. 이때 운선이 추월을 따라 나가 구경하였는데, 그 노승이 운선을 한참이나 보고 있다가 백미를 바다 가지고 치사하며 도라셔셔 하난 말이 그 공재 엇던 댁 공자인지 모로거니와 이졔 십년을 지내면 삼사차 횡액[8]을 당하야 죽기를 면치 못하리라 하고 가거날 츄월이 이 말을 듯고 견지도디하야 그 말삼을 부인게 고한대 부인이 상셔를 쳥하야 이 말을 고하거날 상셔 대경질색하야 노복을 불너 왈 지금 동량하던 중

쌀을 받아 가면서 시주에 칭찬하고 돌아서서 하는 말이

"그 도련님이 어느 댁 아드님인지 모르겠으나 이제부터 십 년이 지나면 서너 번 횡액을 당하여 죽기를 면하지 못할 것이다."

하였다. 그 노승이 그렇게 말하고 가니 추월이 이 말을 듣고 어찌할 줄 몰라 앞으로 넘어질 듯 뒤로 자빠질 듯 뛰어가 그 말씀을 부인에게 고하니 부인이 상서를 청하여 이 말을 전하였다. 상서가 크게 놀라 질색을 하여 집안 하인들을 불러 명하기를 "방금 동냥하던 승려가

4

이 멀니 가지 못하엿슬 거시니 밧비 차자 오라 한대 노복이
령을 듯고 나와 차지니 발셔 간 곳이 업난지라 민망하야 사면
으로 차자가니 한 유벽한 곳에서 동량을 하거날 노승을 불너
왈 우리 댁 대감게옵셔 죤사를 뫼셔 오라 하시니 가샤이다 한
대 노승이 대왈 소승이 가온들 텬슈를 엇지 하리오 하며 마지
못하야 오난지라 이째 상셔 부부 운션을 만득하야 장중보옥[9]
갓치 사랑하더니 시비 젼하난 말을 듯고 마음이 송구하야 노승
을 기다리더니 이윽고 노복이 노승 왓슴을 고한대 상셔 외당에
나와 노승을 마져 례필좌졍 후에 긔상을 보니 홍안백발에 풍채
거룩한지라 범상한 중이 안인 줄 알고 다과를 내여 후대한 후
가로대

멀리 가지 못하였을 것이니 빨리 찾아서 모셔 오너라."

하였다. 집안 하인들이 이 명령을 듣고 나와서 찾으니 벌써 간 곳이 없었다. 급하고 답답하여 사방으로 찾아 돌아다니다 보니 어느 외딴 곳에서 동냥을 하고 있었다. 하인이 그 노승을 불러서

"우리 댁 대감님께옵서 스님을 모시고 오라 하시니 함께 가시지요."

하니 노승이 대답하기를

"제가 간다고 한들 하늘이 정한 수명을 어떻게 바꾸겠습니까?"

하면서 마지 못하여 오는 것이었다.

이때 상서 부부가 운선을 늦게서야 얻어 장중보옥같이 여기며 사랑하고 있었는데 여자 종이 전하는 말을 듣고 크게 두려운 마음으로 노승을 기다렸다.

이윽고 하인이 노승이 온 것을 고하니 상서가 자신의 방으로 노승을 맞아들였다. 상서가 인사를 마치고 앉아 노승의 모습을 보니 백발에 얼굴은 붉고 윤기가 흘러 풍채가 훌륭하였다. 범상한 중이 아닌 줄 알고 다과를 내어 후하게 대접한 후 말하기를

죤사 어대 잇스며 무삼 일로 누디의 왓나잇가 노승이 다시 이러나 합장 배례 왈 소승은 형쥬 영보산 청룡사 화쥬압더니 졀이 퇴락하야 권션을 가지고 시쥬하옵기를 바라나이다 상셔 점점 갓가이 안지며 공경 문왈 시쥬난 형셰대로 하려니와 악가 누디의 왓슬 째의 하신 말삼이 잇다 하오니 길흉을 가라쳐 주옵쇼셔 노승이 대왈 귀댁 문젼의 동량할 째의 엇더한 공자 나와 셧기로 잠간 그 얼골을 보오니 일후 십 년이 되면

"스님께서는 어느 절에 계십니까? 무슨 일로 이런 누추한 곳에 오셨습니까?"

노승이 다시 일어나 합장하고 절하며 예를 갖추고 말하였다. "저는 형주 영보산에 있는 청룡사의 승려입니다. 저희 절이 오래되어 무너지고 떨어져 수리에 필요한 비용을 마련하기 위해 시주를 받고 있습니다. 그러니 시주해 주시기를 바랍니다."

상서가 점점 가까이 앉으며 공손하게 물었다.

"시주는 저희 형편이 되는 대로 하겠습니다. 그런데 아까 저희 집에 오셨을 때 하신 말씀이 있다는데, 앞으로 있을 좋은 일과 흉한 일이 무엇인지 가르쳐 주옵소서."

노승이 대답하기를

"귀댁 문 앞에서 동냥을 할 때 어떤 도련님이 나와서 서 있기에 잠깐 보았습니다. 그 얼굴을 보니 앞으로 십 년이 되면

5

십생구사10)할 듯하옵기로 가뷔야이 말삼하엿삽더니 상공이
드르신가 하나이다 상셔 왈 그 아히난 곳 생의 만득자오니 복
원 죤사난 사생 길흉을 판단하와 도액을 가라쳐 죽기를 면케
하면 일후 결쵸보은 하리이다 한대 노승 왈 죽을 운슈를 지낸
후에난 부귀공명하고 명망이 죠야의 진동할 거시로되 도액할
도리가 업사오니 답답하여이다 하니 이째 부인이 외당 근쳐의
나와 노승의 하난 말을 듯고 경황 질색하여 내당의 들어가 운
션을 안고 통곡하니 비복이 다 슬어하더라 이째 상셔 지셩애걸
왈 죤사난 자비지심을 나리와 생의 자식을 살녀 쥬옵쇼셔

죽을 고비를 여러 번 넘기고서야 겨우 살 수 있을 듯하여 지나가는 말로 가볍게 말하였는데 상공께서 들으셨나 봅니다."

상서가 말하기를

"그 아이는 바로 저의 아들로 늦은 나이에 어렵게 얻은 귀한 자식이오니 엎드려 바라건대 스님께서 죽고 사는 것과 좋은 일과 흉한 일을 판단하시어 그 죽을 위기를 막을 수 있는 방법을 가르쳐 주옵소서. 제 아들이 죽음을 면하게 해 주신다면 죽어서도 잊지 않고 은혜를 갚겠습니다."

하니 노승이 말하였다.

"죽을 위기를 지난 후에는 부귀공명하고 명망이 온 나라에 진동할 것입니다. 그런데 그 위기를 막을 방법이 없으니 답답합니다."

이때 부인이 상서의 방 근처에 나와 있다가 노승이 하는 말을 듣고 깜짝 놀라 당황하며 질겁하였다. 부인이 방에 들어가 운선을 안고 통곡하니 온 집안 하인들이 다 슬퍼하였다.

한편 상서는 노승에게 지극한 정성으로 애걸하였다.

"스님께서 제발 자비를 베푸시어 저의 자식을 살려 주옵소서."

노승이 잠잠하고 이윽히 잇더니 다시 생각하고 상셔씌 엿자오
되 댁의 노비를 다 불너 세우면 할 도리가 잇나이다 상셔 즉시
노복을 다 불으니 노복 중의 한 아희 잇스되 한 눈 멀고 한
팔 못쓰고 한 다리 져난 병신이라 그 놈의 성은 골가오 일홈은
개똥이라 나흔 십오 세라 비록 반신불슈나 츙효겸젼하야 상젼
의게 정셩이 지극하고 제 부모에게도 효셩이 잇난지라 노승이
이윽히 보다가 상셔의게 엿자오대 공자와 져 아희와 한가지로
모년 모월 모일에 내여 보내되 일

노승이 한참이나 잠잠히 있다가 다시 생각하고 상서께 여쭈기를

"이 댁에 있는 하인들을 다 불러 모아보시면 어떻게 할 도리가 나올 것입니다."

상서가 즉시 집안의 하인들을 다 불러서 노승 앞에 서도록 하였다.

하인들 중에 한 아이가 있었는데, 눈 한쪽이 멀고, 팔 하나를 못 쓰고, 다리 하나를 저는 장애인이었다. 그 하인의 성은 골가이고, 이름은 개똥으로 나이가 십 오세였다. 비록 반신불수(半身不隨)였으나 충성심과 효성을 모두 갖추고 있어서 상전에게 정성이 지극하고 제 부모에게도 효성을 다하였다. 노승이 한참이나 깊이 생각하여 보다가 상서께 여쭈기를

"이 댁 아드님과 저 아이를 함께 모년 모월 모일에 집에서 내어 보내십시오.

6

푼 전재도 쥬지 말고 공자의 일습 의복이나 쥬어 십 년을 절적
하옵고 동셔개걸11)하야 풍상을 격그면 져 아희 손에 살기가
쉽삽고 도액할 듯하오니 부대 쇼승의 말삼을 혀슈이 아지 마옵
쇼셔 하고 쏘다시 부탁하고 인하야 하직하고 계하의 나려 두어
거름에 간대 업거날 상셔 그제야 신승인 쥴 알고 공즁을 향하
야 무슈이 사례하고 부인 쳐쇼에 들어가 노승의 말을 젼하고
방셩대곡하니 운션이 눈물을 먹음고 엿자오대 사생고락은 다
소자의 팔자올 뿐더러 인명이 재텬하오니 셜마 엇지 죽사오릿
가 복원 부친은 렴녀하지 마옵쇼셔 한대 상셔 부부 마지 못하
야 노승의 말대로 내보내기로 작정하니라 이째난 갑자년 츈삼
월이라 운션을 이별할 날이 머지 아니하매 부인이 운션에 의복
일습을 지어 노코

그리고 그때 돈을 한 푼도 주지 말고 아드님의 의복이나 한 벌 주어 보내고, 십 년간을 연락을 끊고 왕래하지 마십시오. 아드님이 동쪽으로 서쪽으로 돌아다니면서 구걸하고 풍상을 겪는다면 저 아이 손에 살아나기가 쉽고 액운을 막을 수 있을 듯합니다. 부디 제가 드리는 말씀을 허술히 여기지 마옵소서."

하고 또다시 부탁하고 나서 하직하고 계단으로 내려가 두어 걸음에 간데없이 사라져 버렸다. 상서가 그제야 신통한 승려인 줄 알고 공중을 향하여 무수히 사례하였다.

상서는 부인 처소에 들어가 노승의 말을 전하고 방성대곡하였다.

운선이 눈물을 머금고 여쭈기를

"생사고락(生死苦樂)은 다 소자의 팔자일 뿐입니다. 그리고 사람 목숨은 하늘에 달린 것이 설마 그냥 죽겠습니까? 엎드려 바라건대 부친은 염려하지 마옵소서."

하였다. 상서 부부가 마지 못하여 노승의 말대로 운선을 내보내기로 작정하였다.

이때는 갑자년 춘삼월이었다. 운선과 이별할 날이 멀지 아니하니 부인이 운선의 의복 한 벌을 지어 놓았다.

내여 보내려 하니 그 부모의 마음이 엇더하리오 그러무러 보낼
날이 머지 아니하매 개똥더러 닐너 왈 너난 본대 우리집 츙노
라 도련님을 뫼시고 나가 사해팔방[12]의 유리표박[13]할지라도
부대 태만이 구지 말고 죠심하여 단이다가 십 년이 지나거던
즉시 들어와 부자 노쥬 셔로 상봉케 하라 하고 언필에 운션을
안고 대셩통곡[14]하니 보난 사람

아들을 내보내려 하니 그 부모의 마음이 어떠하겠는가? 그렇게 시간이 지나 보낼 날이 멀지 아니하니 개똥에게 이르기를 "너는 본래 우리 집의 충직한 하인이라. 도련님을 모시고 나가 온 세상으로 떠돌아다닐지라도 부디 게으르게 굴지 말고 조심하여 다니다가 십 년이 지나거든 즉시 돌아와서 아버지와 아들, 주인과 하인이 서로 상봉하게 해라."

하였다. 말을 마치고 운선을 안고 대성통곡하니 보는 사람들과

과 노복이 그 경상을 보고 눈물 아니 흘니 리 업더라 운션과 개똥이 상셔 부부 우난 양을 보고 두 아희 눈물이 비오듯 하며 하직 왈 오날 슬하를 쩌나 십 년을 뵈옵지 못하겟사오니 복원 부모님은 츄월 춘풍의 불쵸자를 죽은 자식으로 아옵시고 쳔금 귀톄를 보즁하와 십년 후에 불효자에 얼골을 다시 보옵쇼셔 하며 재배 재배 통곡하고 하직하며 개똥을 압셰우고 길을 쩌나 니 상셔 부부에 슬어하난 거동을 엇지 다 긔록하리오 운션이 한 거름에 도라보고 두 거름에 업더러지난지라 가난 길은 졈졈 머러가고 한 산을 넘어가니 상셔의 셩음이 돈졀한지라 노쥬 셔로 붓들고 통곡하니 일월이 무광하고 쵸목이 다 슬허하난 듯하더라 졍신을 차려 일셰를 보니 날이 쟝차 져무러 지난지라 마지 못하야 노쥬 셔로 손을 잡고 졍쳐 업시 **쵼쵼** 젼진하야 걸식하더라 하인들이 그 모습을 보고 눈물을 흘리지 않는 사람이 없었다.

운선과 개똥이 또한 상서 부부가 우는 모습을 보고 두 아이 모두 눈물을 비 오듯 흘리며 하직 인사를 올리며 말하였다.

"오늘 부모님 슬하를 떠나면 십 년 동안을 뵙지 못할 것이오 니 엎드려 바라건대 부모님께서는 이 못난 자식을 흐르는 세월 에 죽은 자식으로 아옵소서. 그리고 부모님의 천금같이 귀한 몸을 잘 지키시어 십 년 후에 불효자의 얼굴을 다시 보옵소서."

운선이 절을 하고 또 절하며 통곡하고 하직 인사를 올렸다. 그리고 개똥을 앞세우고 길을 떠나니 상서 부부가 슬퍼하는 거동을 어찌 다 기록하리오.

운선이 한 걸음에 돌아보고 두 걸음에 엎드러지는 것이었다. 가는 길은 점점 멀어져가고 한 산을 넘어가니 상서의 목소리도 더 이상 들리지 않고 끊어졌다. 주인과 하인이 서로 붙들고 통 곡하니 해와 달이 빛을 잃고 초목이 다 슬퍼하는 것 같았다. 정신을 차리고 날씨를 살피니 날이 이제 저물려고 하고 있었 다. 마지 못하여 주인과 하인이 서로 손을 잡고 정처 없이 한 걸음 한 걸음 전진하여 걸식하며 갔다.

각셜 상셔 부부 운션을 이별하고 생불여사라 눈물로 세월을 보내더라 차셜 개똥이 공자를 뫼시고 한 곳에 다다르매 배도 곱푸고 발도 불룻터 갈 바를 몰나 노변에 안져 우다가 겨우 정신을 차려 한 계교를 생각하고 쵼가로 단이며 굴근 집을 맛나면 쥬인을 차져 공숀이 절하고 왈 쇼동은

각설. 상서 부부는 운선과 이별하고 나니 살아 있어도 죽은 것 같이 눈물로 세월을 보내고 있었다.

차설. 개똥이 도련님을 모시고 한 곳에 다다르니 배도 고프고 발도 부르터 갈 바를 몰라 길가에 앉아 울고 있었다. 그러다가 겨우 정신을 차려 한 계교를 생각해 내게 되었다. 시골 마을의 집집을 다니다가 큰 집을 만나면 주인을 찾아 공손히 절하고 말하였다.

"이 어린 소년은

금능 쌍 리 상셔 댁 노자옵더니 가운이 불행하와 상셔 부부 우연 득병하와 일시에 별셰하옵기로 션산의 안장하옵고 간산 이 탕패하오매 오 셰 된 공자를 업고 유리걸식하오니 노슈가 핍절하엿사온즉 복원 쥬인은 불상한 인생을 가련히 여기샤 한 째를 구제하옵쇼셔 사람마다 그 말을 듯고 아니 불상이 역이난 재 업셔 혹 돈도 쥬고 혹 량식도 쥬니 이러구러 긔갈을 면하나 쥬야로 부모 생각이 간절하야 노변에 안져 눈물로 셰월을 보내 니 형용이 쵸최하고 의복이 남루하야 간 곳마다 츄루한 형용을 엇지 다 측량하며 날이 갈사록 부모의 생각이 더욱 간절하나 구곡심장이 츈셜 가튼지라 어언간 셰월이 여류하야 공자의 나 히 팔 셰오 개똥의 나흔 십구 셰라 한 츈을 다다르니 이째난 뎡묘년 츈삼월 망간이라 쳐쳐에 슬푼 새 쇼래난 츈졍을 자랑하 고 긔화요쵸난 봉봉이 만발

금릉 땅 이 상서 댁의 종이었습니다. 가문의 운명이 불행하여 상서 부부가 우연히 병이 들어 한꺼번에 별세하시니 두 분을 선산에 안장하였습니다. 그런데, 가산이 탕진되어 다섯 살 된 도련님을 업고 이렇게 유리걸식하게 되었습니다. 여비도 이제는 다 떨어졌으니 제발 바라건대 주인장께서 불쌍한 이 인생을 가련히 여기시어 한 끼 밥이라도 구제해 주십시오."

이렇게 말을 하니 사람마다 그 말을 듣고 불쌍하게 여기지 않는 사람이 없어서 어떤 이는 돈도 주고 어떤 이는 양식도 주니 이러구러 기갈은 면하게 되었다. 그러나 주야로 부모 생각이 간절하여 길가에 앉아 눈물로 세월을 보내니 형용이 초췌하고 의복이 남루하여 가는 곳마다 누추한 형용을 어찌 다 측량하겠는가? 날이 갈수록 부모 생각이 더욱 간절하여 마음속 깊은 시름이 봄눈 같았다.

어언간 세월이 물같이 흘러 운선의 나이가 여덟 살이고, 개똥의 나이는 열아홉 살이 되었다. 어느 마을에 다다르니 이때는 정묘년 춘삼월 보름이었다. 곳곳에서 들리는 슬픈 새소리는 봄의 정취를 자랑하고 아름다운 꽃과 풀들은 봉오리 봉오리 만발하엿난대 두견새 접동 불여귀난 슬피 울거날 객회 더욱 간절한 지라 노주 슈심을 먹음고 츈색을 사랑하야 산곡으로 점점 들어 가니 층암절벽은 병풍을 돌은 듯하여 좌우에 둘너잇고 말근 폭포 소래난 오음육률을 응하야 경개 절승한지라 노주 셔로 고향을 생각하고 하였는데 두견새는 '접동, 불여귀' 하고 슬피 우니 객지에서 느끼는 외로움과 쓸쓸함이 더욱 간절하였다.

주인과 하인이 수심을 머금고 봄빛을 사랑하여 산골짜기로 점점 들어갔다. 층암절벽은 병풍을 두른 듯 좌우에 둘러서 있고 맑은 폭포 소리는 음악의 소리와 율조를 갖추니 경치가 매우 뛰어났다. 주인과 하인이 서로 고향을 생각하고

9

신셰를 한탄하며 눈물이 비 오듯 하다가 운션이 개똥더러 왈
우리 동셔로 구차이 단이며 슈심만 생각하고 장부의 긔상을
베푸지 못하엿더니 맛침 산이 젹젹하고 인젹이 업난 곳에 왓스
니 잠간 작난이나 하여 보리라 하고 몸을 날녀 슈십 장 나무를
쑤여 넘으며 큰 바회를 무란이 들어 던지니 개똥이 비로소 공
자의 용맹을 보고 탄복하더라 이러구러 셕양이 재산이라 행할
바를 아지 못하고 쥬져하더니 문득 종경 소래 들니거날 졀이
잇난 쥴 알고 졈졈 들어가니 만쳡쳥산15)이라 백운간의 쥬란화
각이 뵈이거날 반겨 들어가며 살펴보니 문 우에 현판을 황금대
자로 써쓰되 형쥬 영보산 쳥룡사라 하엿거날 법당의 들어가
불젼에 례배하고 나오니 제승이 공자의 긔상을 보고 왈

신세를 한탄하니 눈물이 비 오듯 하였다. 그러다가 운선이 개똥에게 말하기를

"우리가 여기저기 사방을 구차하게 다니면서 근심만 생각하고 장부의 기상을 베풀지 못하였구나. 여기 마침 산이 적적하고 인적이 없는 곳에 왔으니 잠깐 장난이나 해 봐야겠다."

하고 몸을 날려 매우 높은 나무를 뛰어넘으며 큰 바위를 무난히 들어 던지니 이를 개똥이 보고 비로소 운선의 뛰어난 용맹에 탄복하였다. 이러구러 시간이 흘러 석양이 산에 걸리니 어디로 가야 할지를 알지 못하고 주저하고 있는데 문득 어디서 쇠북 치는 소리가 났다. 그 소리를 듣고 절이 있는 줄 알고 산속으로 점점 들어가니 만첩청산(萬疊靑山)이었다.

가다 보니 흰 구름 사이로 화려하고 아름다운 누각이 보였다. 반가워서 들어가며 살펴보니 문 위에 현판이 있었는데 황금 글씨로 크게 형주 영보산 청룡사라고 씌어 있었다. 법당에 들어가 불전에 예를 갖추어 절하고 나오니 여러 승려들이 운선을 보고 말하였다.

어대 기신 공자인지 모로거니와 무삼 연고로 이곳의 왓삽나잇
가 운션이 답왈 팔자 긔박하여 죠실부모[16]하고 가산이 탕패하
야 엇지할 길 업셔 사해팔방으로 유리걸식하야 단이노라 하니
제승이 이 말을 듯고 불상이 역여 죠셕공궤를 후대하더라 잇튼
날 절을 두루 구경하더니 한 별당에 다다르니 션배 육칠 인이
모야 공부하난지라 개똥이 공자의게 엿자오되 도

"어디 계신 도련님인지 모르겠으나 무슨 이유로 이곳에 오셨습니까?" 운선이 답하기를

"제 팔자가 기박하여 어려서 일찍 부모를 잃고 가산도 탕진되었습니다. 그러니 어쩔 수 없이 사방팔방으로 유리걸식하며 다니게 되었습니다."

하였다. 여러 승려들이 이 말을 듣고 불쌍히 여겨 끼니때마다 음식을 주며 잘 대접하였다.

운선이 이튿날 절을 두루 다니며 구경하다가 어느 별당에 이르렀다. 그곳을 보니 선비 예닐곱 사람이 모여 공부를 하고 있었다. 개똥이 운선에게 여쭈기를

10

련님이 년광이 임의 팔구 셰 되엿사오니 글을 배홈이 죠흘가
하나이다 운션 왈 네 말이 긔특하고 반가오나 셔책과 량식을
엇지 쥬션하며 집도 업난 사람을 늬라셔 글을 가라쳐 쥬리오
한대 개똥이 대왈 도련님이 공부를 착실이 하실진댄 그난 렴녀
마옵쇼셔 하고 졔생들을 보고 복디 재배 왈 소인은 리 상셔
댁 노자옵더니 가운이 불행하여 슈년 전에 상셔의 부부 우연
득병하야 일시에 별셰하압시기로 션산에 안장하압고 가산이
탕패하오매 의탁이 난쳐하와 노복이 다 도망하고 사셰망죠하
기로 오 셰 된 공자를 소인이 뫼시고 동셔걸식하온 지 임의
사오 년이러니 쳔우신죠하와 이곳에 왓사오니 복원 모든 셔방
님 덕택을 입사와 우리 도련님 글을

"도련님의 나이가 이미 팔구 세가 되었사오니 글을 배우는 것이 좋을 것 같습니다."

하였다. 그러니 운선이 말하기를

"네 말이 기특하고 반가우나 책과 양식을 어떻게 마련하겠으며 집도 없는 사람을 누구라고 글을 가르쳐 주겠는가?"

하였다.

개똥이 대답하기를

"도련님이 공부를 착실히 하신다면 그것은 염려하지 마옵소서."

하고 여러 선비들을 보고 엎드려 절하고 말하였다.

"저는 이 상서 댁 하인입니다. 가문의 운명이 불행하여 몇 년 전에 상서 부부께서 우연이 병이 드셨습니다. 두 분이 한꺼번에 돌아가시어 선산에 장사를 지냈습니다만 가산이 탕진되어 의지할 곳이 없게 되었습니다. 그러니 집안 하인들이 모두 도망하고 집안이 망하게 될 상황이 되어 다섯 살 된 도련님을 제가 모시고 다니게 되었습니다. 동서로 빌어먹은 지 이미 사오 년이온데 하늘이 도우시어 이곳에 왔습니다. 엎드려 바라건대 여기 계신 모든 선비님들 덕택으로 우리 도련님이 글을

가라쳐 무식함을 면케 하여 쥬옵소셔 하며 애걸 왈 셔당 소입
지물은 소인이 진심 갈녁하여 당하리이다 흐며 애걸하니 좌즁
졔생이 이 말을 돗고 일변 긔특이 역이며 일변 불상이 역여
허락하고 운션을 쳥하여 본대 어린 아해 비록 헌옷에 싸여 모
양이 쵸쵸하나 션풍옥골에 셩음이 활달한지라 셔생 등이 귀히
역여 글을 지셩으로 가라쳐 슈월이 지나니 운션이 본대 텬생
재죠를 가졋스니 춍

알게 하여 주옵소서. 우리 도련님께 글을 가르쳐 주시어 무식함을 면하게 하여 주옵소서."

하며 애걸하기를

"서당에 필요한 돈이나 종이들은 제가 진심으로 있는 힘을 다하여 감당하도록 하겠습니다."

하였다. 이를 본 여러 선비들이 이 말을 듣고 한편으로는 기특하게 여기며 한편으로는 불쌍하게 여겨 허락하고 운선을 청하였다. 선비들이 운선을 보니 어린 아이가 비록 헌 옷을 입어 모양이 초라하나 신선 같은 풍모에 옥같이 고결한 풍채를 지니고 목소리가 활달하였다.

선비들이 운선을 귀하게 여겨 글을 지성으로 가르쳐 몇 달이나 지났다. 운선이 본래 타고난 재주를 가지고 있으니

11

명이 과인하여 문일지십하여 백가시셔를 무불통지하니 제생이
층찬함을 마지 아니하난지라 개똥이 이 말을 듯고 대희하여
날마다 촌가로 단이며 동량하야 곡식이 생기면 노주 량식하고
돈이 생기면 모화 중을 쥬며 변리로 달나 하니 셰월이 여류하
야 공부한 지 발셔 칠년이오 운션의 나히 십오 셰라 션풍도골
에 풍신이 현환하고 문쟝필법이 왕희지를 압두하니 당셰 긔남
자라 뉘 아니 층찬하리오 이쌔 셰색이 슈모하야 제셕이 불원한
지라 모든 션배 각각 집으로 도라가되 운션 노쥬난 여러 해를
객디에셔 환셰하니 그 슬푼 졍황을 억지 셩언하리오 이러구러
졍월 망일이 되엿난지라 제생이 도라와 환셰 인사한 후 셔책을
거두어 가지고 작별하거날 운션이 그 연고를 물은대 제생이
답 왈 금년 사월 십오 일에 알셩과를 보인다 하기로 관광차로
간다 하거날

총명이 다른 사람보다 뛰어나 하나를 들으면 열을 알았다. 운선이 여러 가지 온갖 저서와 시를 통달하여 모르는 것이 없으니 여러 선비들이 칭찬하기를 마지아니하였다.

개똥이 이 말을 듣고 크게 기뻐하여 날마다 마을로 다니면서 동냥을 하여 곡식이 생기면 운선과 함께 먹는 양식으로 쓰고 돈이 생기면 모아서 중을 주며 이자로 달라고 하였다.

세월이 흘러 흘러 공부한 지 벌써 칠 년이 되었고 운선의 나이는 십오 세였다. 운선이 고아하고 훌륭한 풍채에 모습이 환하고 문장 실력과 글씨는 왕희지를 압두하니 당대의 뛰어난 인재라고 칭찬하지 않을 사람이 누구이겠는가?

이때 세월이 지나가 섣달 그믐이 멀지 않았다. 모든 선비들이 각각 집으로 돌아가는데 운선과 개똥이는 여러 해를 객지에서 설을 쇠니 그 슬픈 정황을 어찌 말로 하겠는가.

이러구러 정월 보름이 되었다. 모든 선비들이 돌아와 설 쉰 인사를 나눈 후 책을 거두어 가면서 작별하였다. 운선이 그 이유를 물으니 여러 선비들이 답하기를 금년 사월 십오 일에 과거 급제가 있을 것이라 하므로 과거에 응시하러 간다 하였다.

운션이 동졉을 작별하고 쥬야 홀노 안져 부모를 생각하고 장탄 일셩에 누슈 옷깃을 젹시난지라 개똥이 엿자오되 도련님은 글은 아니닐고 슈색이 만안하오니 어인 연고인지 아지 못하게노라 공자 대 왈 동졉은 다 과거의 가되 나난 팔자 긔구하야 츌문 십 년에 부모 사생도 모운선이 이렇게 함께 공부하던 사람과 작별하고 밤낮으로 혼자 앉아 부모를 생각하니 긴 한숨에 흐르는 눈물이 옷깃을 적셨다.

개똥이 여쭈기를

"도련님이 글은 읽지 아니하시고 근심이 얼굴에 가득하오니 어찌 된 이유인지 알지 못하겠습니다."

운선이 대답하기를

"나와 함께 공부하던 사람들은 모두 다 과거를 보러 갔는데 나는 팔자가 기구하여 집을 나온 지 십 년이나 되고 부모가 살아 계신지 돌아가셨는지도 모르고

12

르고 쳔리타향에 외로온 신셰라 엇지 슈색이 업스리오 한대
개똥이 엿자오되 도련님도 과거에 가시랴 하거던 소인이 준비
하온 거시 잇사오니 가사이다 하고 졔승의게 쥬엇든 돈을 다
밧드니 다만 열닷 냥이라 가지고 쵼가에 나가 말 한 필을 사
가지고 와셔 공자끠 가심을 쳥하니 공자 문 왈 그 말은 어대셔
낫나냐 개똥이 대 왈 이곳셔 황셩이 슈쳔 리라 하오이 도련님
이 엇지 거러 가시리잇가 긔마 행차 하시면 죠흘가 하여 젼젼
푼푼이 모왓든 돈으로 사왓나이다 하니 모든 션배들이 더욱
긔특이 역여 분분 치사하며 각각 돈을 내여 보조하며 후일 다
시 만나기를 당부하더라 잇흔날 졔생을 이별하고 동구를 나셔
황셩을 향할새 이쌔난 계유년 이월이라 개똥이 비록 병신이나

천 리 타향에서 외로운 신세로 지내니 어찌 근심이 없겠느냐?"

하니 개똥이 여쭈기를

"도련님도 과거에 가시고 싶으시다면 제가 준비한 것이 있사오니 가십시다."

하고 여러 승려에게 주었던 돈을 다 받으니 열다섯 냥이었다. 그 돈을 가지고 마을에 나가서 말 한 필을 사 가지고 와서 운선 도련님에게 가자고 청하였다.

운선 도련님이 묻기를

"그 말은 어디서 났느냐?"

개똥이 대답하기를

"이곳에서 황성이 수천 리나 된다고 하오니 도련님이 어찌 걸어가시겠습니까? 말을 타고 가시면 좋을까 하여 한푼 한푼 일일이 모았던 돈으로 사 왔습니다."

하니 모든 선비들이 더욱 기특히 여겨 떠들썩하게 칭찬하며 각각 돈을 내어 도와주며 다음에 다시 만나기를 당부하였다.

이튿날 여러 선비들과 이별하고 마을 입구를 나서서 황성으로 향하니 이때는 계유년 이월이었다. 개똥이 비록 장애인이었으나 말 경마를 들고 나서니 마음이 활달하여 날 듯하야 날이 져물면 쥬인을 차자 숙쇼를 정하고 행인을 대하면 공자를 뫼시고 과거에 가난 말을 셜화한즉 사람마다 불상이 역이며 일변 개똥의 츙의를 긔특이 역여 혹 요식도 사먹이며 혹 돈도 쥬어 노슈를 벗혜여 쥬니 행장에 푼젼은 업스나 긔갈은 족히 면할너라 여러 날 만에 황성에 득달하니 과일이 불원한지라 말을 들고 나서니 마음이 활달하여 날 듯하여 잘 갔다. 날이 저물면 주인을 찾아 숙소를 정하고 행인을 대하면 도련님을 모시고 과거 보러 간다는 말을 하였다. 이 이야기를 듣는 사람마다 불쌍히 여기며 한편으로는 개똥의 충의를 기특하게 여기고 혹은 밥도 사 먹이며 혹은 돈도 주어 여비를 보태어 주니 행장에 돈은 별로 없으나 배고픔과 목마름은 충분히 면할 만하였다. 여러 날 만에 황성에 도착하니 과거 보는 날이 얼마 남지 않았다.

13

쥬인을 정하고자 하나 텬하 션배 구름 모히듯하야 점점이 쥬인을 정하고 잇스니 거처할 곳이 업셔 망연하더니 맛침 남산 아래 남교 다리를 건너셔매 한 노인이 슈간쵸옥으로 나오며 비를 들고 뜰을 쓸며 경개를 이윽히 보거날 개똥이 노고 압혜 나가 재배 왈 소비난 본대 계림부 금능 짱에 리 상셔 댁 노자압더니 문운이 불행하야 상셔 부부 일시에 별셰하시기로 가산이 탕패하와 오 셰 된 공자를 뫼시고 사면팔방으로 유리걸식하압다가 영보산 청룡사에서 여러 션배의 혜택으로 공부를 하와 이번 과거에 불원쳔리하고 관광차로 왓삽더니 잇때거지 쥬인을 정치 못하와 방황하다가 맛침내 죤고 댁을 보오니 션배 드지 아니하온 듯하오니 죤고난 가련하온 션배를 잠간 머믈게 하압소셔 하니 노고 이 말을 듯고 잔잉이 역여 내 집은 외정이 업고 다만 늙은 내 몸 하나뿐이라 무엇이 머물 곳을 정하고자 하였으나 천하의 선비들이 구름 모이듯 많이 모여 여기저기 숙소들을 다 정하고 들어가니 거처할 곳이 없어 아득하였다. 그때 마침 남산 아래 남교 다리를 건넜는데 한 할멈이 자그마한 초가집에서 나오며 비를 들고 뜰을 쓸며 경치를 그윽하게 보았다.

개똥이 노인 앞에 나아가 절을 하고 말하였다.

"저는 본래 계림부 금릉 땅의 이 상서 댁 하인입니다. 가문의 운이 불행하여 상서 부부가 일시에 별세하시어 가산이 탕진되었습니다. 그래서 다섯 살 된 도련님을 모시고 사방팔방으로 유리걸식하다가 영보산 청룡사에서 지내게 되었습니다. 청룡사에 있던 여러 선비의 덕택으로 공부를 하여 이번 과거 시험에 천 리를 멀다 하지 않고 과거를 보러 왔습니다. 그런데 이때까지 머무를 곳을 정하지 못하여 방황하다가 마침내 어르신 댁을 보게 되었습니다. 여기에는 선비들이 들지 아니한 듯하오니 어르신께서는 가련한 이 선비를 잠깐 머물게 하여 주옵소서."

이렇게 말하니 할멈이 이 말을 듣고 불쌍히 여겨

"내 집에는 남정네가 업고 다만 늙은 내 몸 하나뿐이라 무엇이

두려오리오마난 집이 츄하니 공자를 뫼시기 부정할가 하노라
하거날 개똥이 사례 왈 의지업난 사람을 이처럼 거두시니 은혜
난망이로소이다 하고 공자를 뫼시고 들어가니라 이째 남교 건
쳐의 한 맹인이 잇스되 셩은 맹가오 별호난 맹 션생이라 하난
사람이 잇셔 칭하

걱정이겠느냐마는 집이 누추하니 도련님을 모시기에 마땅하지 않을까 싶다."

하거늘 개똥이 사례하며 말했다.

"의지할 곳 없는 사람을 이처럼 거두어 주시니 은혜를 잊지 않겠습니다."

하고 운선 도련님을 모시고 그 집으로 들어갔다.

이때 남교 근처에 맹인 하나가 있었는데 성은 맹가이고 별호는 맹 선생이라 하는 사람이 있었다. 사람들이 그를 가리켜 말하기를

14

기를 길흉화복을 판단한다 함으로 녯날 소강절과 차등이 업난
지라 복채난 열닷 냥이로되 사방 문복하난 사람이 구름 모히듯
하여 참예치 못하난 자 만터라 이째 노괴 개똥의 일행을 보니
차마 측은하야 개똥더러 왈 이곳에 맹 션생의 명복이 귀신 갓
하여 사람마다 층찬한다 하니 공자를 위하야 한번 가 봄이 엇
더하뇨 하니 개똥이 이 말 듯고 노고의게 치사 왈 문복하고
십흔 마음은 극하오나 복채 업사오니 엇지하리오 하고 무슈
탄식하다가 한 계교를 생각하고 공자의 탓든 말을 잇글고 져자
에 나가 겨우 열 냥을 밧고 팔아 왓스나 닷 냥이 부족한지라
문복할 수 업스매 노주 셔로 한탄하더니 노고 그 거동을 보고
연고를 뭇거날 개똥이 대 왈

"길흉화복을 판단하는데 옛날 소강절과 차이가 없을 정도로 잘한다."

하였다. 복채는 열다섯 양인데 전국 사방에서 점 보려는 사람이 구름 모이듯하여 참여하지 못하는 사람들이 많았다.

이때 할멈이 개똥의 일행을 보니 측은하여 차마 보지 못할 정도여서 개똥에게

"이곳에 맹 선생이라는 이름난 점쟁이가 있는데 귀신 같이 점을 잘 봐 사람마다 칭찬한다 하니 도련님을 위하여 한번 가보는 것이 어떻겠는가?"

하였다. 개똥이 이 말을 듣고 할머니에게 감사하고 말하기를 "점을 보고 싶은 마음은 매우 간절하오나 복채가 없으니 어찌하겠습니까?"

하고 수없이 탄식하다가 한 계교를 생각해 내었다. 개똥이 운선이 탔던 말을 이끌고 시장에 나가 겨우 열 냥을 받고 팔아왔으나 여전히 다섯 양이 부족하였다. 그러니 점을 볼 수가 없어 주인과 하인이 서로 한탄하고 있었다. 할멈이 그 거동을 보고 이유를 물으니 개똥이 대답하기를

공자를 위하야 맹 션생에게 졈하고자 하오나 돈 닷냥이 부죡하
와 졈을 못하오니 엇지 애달치 안사오리오 한대 노괴 쳥파에
갈오대 내가 푼푼이 모흔 돈 닷 냥이 잇스나 갓다가 문복하라
하고 내여 쥬거날 개똥이 다시 이러 사례한 후 문복 차로 맹션
생을 차자 가니라 이째 맹인이 쥬야 문복에 골몰하야 심히 뇌
곤하여 잠간 죠으더니 비몽사몽 간에 한 노승이 와셔 일너 왈
불상한 아희가 지금 문복하러 오니 잠

"도련님을 위하여 맹 선생에게 점을 보고자 하오나 돈 다섯 양이 부족하여 점을 못 치오니 어찌 애달프지 않겠습니까?"

하니 할멈이 개똥의 말을 다 듣고 말했다.

"내가 한 푼씩 한 푼씩 모은 돈 다섯 양이 있으니 가져다가 점을 보아라."

하고 내어 주니 개똥이 다시 일어나 사례한 후 점을 치기 위해 맹 선생을 찾아갔다.

이때 맹 선생이 밤낮으로 점치는 데 골몰하다 보니 심히 피곤하여 잠깐 졸았다. 비몽사몽 간에 한 노승이 와서 이르기를 "불쌍한 아이가 지금 점을 보러 올 것이니 잠을

15

을 째여 정신 차려 죽기를 면케 하여 아모죠록 살 도리를 가라
쳐 쥬라 하거날 놀나 째다르니 침상일몽17)이라 머리를 치며
몽사를 생각하더니 문득 문 밧게 한 아희 와 찻거날 들어오라
하고 온 연고를 물은대 째쑁이 복채를 드리고 공자의 길흉화복
을 판단하여 쥬시기를 바라나이다 한대 맹 션생이 이윽히 안져
생각다가 산통을 놉히 들어 흔들며 츅사 왈 금위 태셰 계유년
츈삼월 경신삭 쵸팔일 뎡해 계림부 금능 쌍에 거하옵난 동몽
계사생 리운션은 근복문18)하오되 양친 부모를 오셰의 샹별하
옵고 노자 개쑁으로 동거하옵다가 이번 과거의 관광 차로 왓사
오니 과거하고 못함과 보모의 만나고 못만남과 명의 길고 짜른
거슬 능히 아지 못하오니 복걸 졔위 션생은 물비소시19)하옵소
셔

깨어 정신을 차려라. 그 아이가 죽음을 면할 수 있도록 아무쪼록 살 도리를 가르쳐 주라."

하는 것이었다. 놀라서 깨달으니 깜빡 졸다 꾼 꿈이었다. 머리를 치며 꿈에 있었던 일을 생각하고 있었는데 문득 문밖에서 아이 하나가 와서 찾기에 들어오라 하였다. 찾아온 이유를 물으니 개똥이 복채를 드리고

"운선 도련님의 길흉화복을 판단하여 주시기를 바랍니다." 하였다.

맹 선생이 한참 가만히 앉아 생각하다가 산통을 높이 들고 흔들며 빌기를

"금위(今位) 태세(太歲) 계유년 춘삼월 경신월 초팔일 정해 계림부 금릉 땅에 거하는 어린 선비 계사생 이운선 삼가 엎드려 여쭈어봅니다. 양친 부모를 다섯 살에 서로 이별하옵고 하인 개똥이와 동거하옵다가 이번 과거에 응시하려고 왔사옵니다. 그러나 과거에 붙을지 못 붙을지, 부모를 만나고 못 만날지, 수명이 길지 짧을지 능히 알지 못하오니 엎드려 빕니다. 여러 신들께서는 모두 밝혀 보여주옵소서."

하고 점쾌를 빼더니 이윽히 생각하다가 앙텬허소하며 아미를 씽긔고 먼 눈을 번드기며 탄식 왈 내가 년장 사십에 이째거지 점을 치되 이런 점쾌난 금시쵸견[20]이라 하니 개똥이 엿자오대 점쾌가 엇지 하압기 션생님이 져다지 앙텬허소하시나잇가 션생 왈 이 점쾌를 들어 무엇하리오 하며 말을 아니하거날 개똥이 말 듯고 정신이 산란하여 슬피 울며 애걸 왈 길흉을 판하고 점괘를 빼었는데 보고 한참이나 깊이 생각하다가 하늘을 우러러 헛웃음을 웃으며 눈썹을 찡그리고 앞도 보이지 않는 눈을 번득이며 탄식하고 말했다.

"내 나이 사십에 이때까지 점을 쳤으나 이런 점괘는 생전 본 적이 없는 것이라."

하니 개똥이 여쭈기를

"점괘가 어떻기에 선생님이 저렇게도 황당해 하시는 것입니까?"

하니 선생이 말하기를

"이 점괘를 가지고 무엇을 하겠는가?"

하며 말을 하지 않는 것이었다. 개똥이 이 말을 듣고 정신이 산란하여 슬피 울면서 애걸하였다.

"길흉을

단하여 사생을 가라쳐 쥬옵쇼셔 맹 션생이 답 왈 공자의 명이 십사 일 슐해[21] 시를 지날 슈 업다 하거날 개똥이 이 말 듯고 혼백이 비월하야 다시 애걸 왈 죽을 일을 아실진댄 엇지 살아 날 도리를 모르리오 복원 션생은 호생지덕[22]을 나리와 우리 도령님을 살녀 쥬옵시면 은혜를 쎠에 삭여 갑사오리이다 하며 우난 소래 철셕간장이라도 녹을지라 맹 션생이 개똥더러 왈 네 정성이 지극하기로 내 다시 생각하리라 하고 다시 점쾌를 엇고 안져더니 문득 개똥더러 이르되 이 셩중의 김각노라 하난 사람이 잇스되 일홈은 용슈라 소년등과[23]하여 부귀공명이 사 해에 읏듬이로되 슬하의 남자난 업고 다만 일녀를 두어스되 그 녀아 의홈은 판단하시어 제발 운명을 가르쳐 주옵소서."

맹 선생이 답하기를

"도련님의 목숨이 십사 일 밤을 지날 수 없겠다."

하였다. 개똥이 이 말을 듣고 혼백이 날아가 정신을 잃을 듯하였다. 개똥이 다시 애걸하여 말하기를

"죽을 때를 아신다면 어찌 살아날 도리를 모르겠습니까? 엎드려 바라건대 선생께서 사형 당해 죽을 죄인을 살리는 은혜를 내리시어 우리 도련님을 살려주옵소서. 그래만 주신다면 은혜를 뼈에 새겨 갚겠습니다."

하며 우는 소리가 얼마나 절절한지 강철이나 돌 같은 마음이라도 녹을 지경이었다.

맹 선생이 개똥에게 말하기를

"네 정성이 지극하니 내가 다시 생각해 보겠다."

하고 다시 점괘를 보고 앉아 있다가 갑자기 개똥에게 이르기를

"이 성안에 김각노라 하는 사람이 있는데, 이름은 용수라 한다. 젊은 나이에 과거에 급제하여 부귀공명이 세상에서 으뜸인데 슬하에 아들은 없고 다만 딸 하나를 두었으되 그 딸아이 이름은

옥향이라 년광이 십뉵에 화용월태24) 일국에 졔일이오 재죠 비
범하야 백가시셔를 무불통지하며 사람의 길흉화복을 알고 귀
신을 능히 부리난지라 이러므로 그 부모 사랑하여 후원 별당을
짓고 낭자 거처하니 진소위 만슈변에 꾀꼬리 상이오 일강 소우
에 백노의 형상이라 그 소져 젼생에 공자와 연분이 잇난 고로
십사 일의 그 소져를 만나면 공자의 명을 도모하려니와 만일
그럿치 못하면 다른 도리난 도모지 업다 하니

옥향이라. 나이는 열여섯 살인데 꽃같이 아름다운 모습이 온 나라에서 제일이요, 재주는 비범하여 온갖 책을 통달하여 모르는 것이 없으며 사람의 길흉화복을 알고 귀신을 능히 부리는지라. 그러므로 그 부모가 딸을 극진히 사랑하여 후원에 별당을 짓고 거처하게 하였다. 그러니 정말 그야말로 넘실대는 물가의 꾀꼬리 상이요, 한번 쏟아지는 빗속의 백로 형상이라. 그 소저의 전생에 도련님과 연분이 있는 고로 십사 일에 그 소저를 만나면 도련님의 목숨을 건질 수 있을 것이다. 그러나 만일 그렇게 하지 못하면 다른 도리는 도무지 없을 것이다."

하니

17

개똥이 다시 엿자오대 만일 그러하면 공자의 명을 보전하고 부모를 언제나 다시 뵈오릿가 한대 맹 션생이 다시 목욕재계한 후에 분향재배하고 정성을 다하야 점을 치고 왈 점쾌난 션 흉 후길하도다 십오 일 과거에 장원급뎨하여 즉 츌뉴 한님학사한 후 취실하고 계림부 자사로 고향의 도라가 부모를 차자 다시 보고 부귀 다남자 할 팔자로다 하니 개똥이 그 말 듯고 일희일비하야 재배 하직하고 물너와 노고를 보고 맹 션생이 점치든 슈말을 낫낫치 하여 셜어하더라 차셜 이째 김각노 부부 그 녀아 옥향을 애즁하야 장즁보옥[25] 갓치 길너 두로 져와 갓흔 배필을 구하야 슬하의 자미를 볼가 하더니

개똥이 다시 여쭈기를

"만일 그러하면 도련님의 목숨을 보전하고 나서 부모를 언제쯤이면 다시 뵐 수 있겠습니까?"

하니 맹 선생이 다시 목욕재계를 한 후에 분향재배하고 정성을 다하여 점을 치고 말하였다.

"점괘를 보니 당장에는 험한 일들이 있어 고생을 하겠으나 나중에는 잘 되겠구나. 십오 일 과거에서 장원급제하여 바로 한림학사로 부임하고 그 후에 부인을 얻을 것이다. 그리고 계림부 자사가 되어 고향에 돌아가 부모를 찾아 다시 보게 될 것이고 부귀도 얻고 자손들도 많이 낳을 팔자로다."

하니 개똥이 그 말을 듣고 일희일비(一喜一悲)하여 절을 올려 하직인사를 하고 물러났다.

개똥이가 할멈을 보고 맹 선생이 점친 이야기를 처음부터 끝까지 낱낱이 말하였다.

한편 이때 김각노 부부가 그 딸아이 옥향을 애지중지하여 귀한 보물같이 길렀다. 옥향이 장성하자 저와 같은 배필을 두루 구하여 슬하에 즐거움을 얻고 싶어 하였다.

이째 남양 북촌에 한 재상이 잇스되 셩은 백이오 일홈은 슌민이라 대대 명문거쪽으로 벼살이 리부상셔의 일으러 명망이 됴야에 덥허스니 한낫 자식이 업셔 쥬야 한탄하더니 일일은 그 부인 장씨로 더부러 누의 올나 경개를 구경하며 시비를 명하야 슐을 내여 부부 셔로 권하며 무쟈함올 한탄하더니 장씨 홀연 뇌곤하야 난간을 의지하여 잠간 죠으더니 비몽 간의 한 션관이 학을 타고 지나다가 백우션을 쥬고 가거날 바다보니 불근 쟈로 써쓰되 이때 남양 북촌에 한 재상이 있었는데 성은 백이고, 이름은 손민이었다. 백손민은 대대로 명문거족으로 벼슬이 이부상서에 이르러 명망이 온 나라에 덮일 정도로 높았다. 그렇지만 자식이 하나도 없어 밤낮으로 한탄하였는데 하루는 그 부인 장씨와 더불어 누각에 올라 경치를 구경했다. 그러다가 하인에게 명하여 술을 내어 오게 하여 부부가 서로 권하며 자식 없음을 한탄하였다. 그런데 장씨가 갑자기 피곤하여 난간에 몸을 기대고 잠깐 졸았는데 비몽사몽 간에 선관 하나가 학을 타고 지나다가 하얀 깃털 부채를 주고 가는 것이었다. 장씨가 받아보니 붉은 글자로 써 있기를

18

산산이낭26)이여 목황인명이라 하엿거날 그 뜻을 두루 생각하
더니 홀연 광풍이 이러나며 붓채를 아사 누하의 나리치니 난대
업난 봉두난발27)한 노 삼사인이 다라드러 붓채를 집어 가지고
다라나며 닷토난지라 마음에 셥셥하여 찻고자 하다가 그놈들
에 닷토난 소래에 놀나 쌔다르니 남가일몽이라 상셔끠 몽사를
셜화하니 상셔의 몽사도 부인과 갓흔지라 신긔히 역여 갈오대
하날이 우리 무자함을 불상이 역여 귀자를 졈지하시도다 하고
붓채에 썻던 글을 긔록하야 두고 죵시 아지 못하더니 그달부터
태긔 잇셔 십삭이 차매 오운이 집 우혜 둘으더니 이윽고 일개
옥동을 생하니 긔골이 장대하고 음셩이 쇄락한지라 일홈을 운
션이라 하다 운션이 졈졈 자라 나히 십육 세라 화려한 풍채와
문장필법이 당셰의 뎨일이라 린리 친척과 노복이

"산산이팔이며 목황인명이라."

하였다. 그 뜻이 무엇인지 이리저리 생각하고 있었는데 갑자기 광풍이 일어나며 부채를 빼앗아 누각 아래로 내려치니 난데없이 봉두난발(蓬頭亂髮)한 놈 서너 명이 달려들어 부채를 잡아서 달아나며 다투는 것이었다. 마음에 섭섭하여 찾으려고 하다가 그놈들이 다투는 소리에 놀라 깨달으니 남가일몽이었다. 상서께 꿈에 있었던 일을 이야기하니 상서의 꿈도 부인과 같았다. 신기하게 여겨 말하기를

"하늘이 우리에게 자식이 없음을 불쌍히 여겨 귀한 자식을 점지해 주시려나 봅니다."

하고 부채에 쓰여 있었던 글을 기록하여 두었다. 그렇지만 그 뜻을 내내 알지 못하고 있었는데 그달부터 태기가 있어 열 달이 차니 오색구름이 집 위에 둘리었다. 그러더니 마침내 옥동자 하나를 낳으니 기골이 장대하고 음성이 맑고 깨끗하여 아이 이름을 운선이라 하였다.

운선이 점점 자라 나이가 열여섯 살이 되었다. 운선의 풍채가 화려하고 문장 필법이 당세에 제일이었다. 이웃 친척과 하인들이

뉘 아니 칭찬하리오 이때 김각뇌 이 소문을 듯고 사회를 정코
져 하여 운션을 급데 식히고 정혼코자 하야 글졔를 내고 글을
지어 일품 시지에 써보내고 단단이 뇌약으로 정하니라 차셜
노괴 한 딸이 잇스되 일홈은 화션이라 춍명과 재질이 비범하야
김각노 댁 노자로셔 소져의 침실에 잇드니 일일은 져의

누구 아니 칭찬하겠는가?

이때 김각노가 이 소문을 듣고 운선을 사위로 삼고자 하였다. 운선을 과거 급제 시키고 정혼하고자 하여 글제를 내고 글을 지어 일품 시험지에 써서 보내고 혼인을 단단히 굳게 약속하였다.

차설. 할멈에게 딸 하나가 있었는데 이름이 화선이었다. 화선의 총명과 재질이 비범하여 김각노 댁 하인으로 일하면서 소저의 침실에서 시중을 들고 있었다. 하루는 자신의

19

모친을 보려 나왔다가 공자와 개똥의 우난 양을 보고 화션이
그 연고를 뭇고자 하나 외인이기로 뭇지 못하고 문을 닷고 셧
더니 노괴 화션을 불너 왈 내외지별이 잇스나 허물치 말고 들
어오라 한대 화션이 마지못하야 들어와 노모 겻해 안지며 문
왈 무삼 연고로 모친은 이러 쳬읍하시나뇨 노괴 답왈 이 도련
님은 하향 사람으로 과거의 왓다가 맹션의게 문복한즉 하난
말이 십사 일 술해시에 죽을 팔자나 만일 그 시를 무사이 지내
면 장원 급뎨 즉 츌뉵 한림학사를 할 거시로되 죽난다 하니
그 아니 불상한야 하며 뇌괴 설어하거날 화션이 문 왈 혹 살닐
도리가 업다 하더잇가 노모 대 왈 너 모시고 잇난 낭자 방에
들어가야 요행 산다 하니 죽기난 쉽거니와 엇지 그 방에 들어
가리오

모친을 보러 나왔다가 도련님과 개똥이 우는 것을 보고 화선이 그 이유를 물으려고 하다가 모르는 외지인이기에 묻지 못하고 문을 닫고 서 있었다. 그런데 할멈이 화선을 불러 말하기를

"남녀를 구별해야 할 것이나 허물치 말고 들어오라."

하니 화선이 마지못하여 들어와 노모 곁에 앉으며 물었다.

"무슨 이유로 모친께서 이렇게 슬프게 우시는 것입니까?"

할멈이 답하기를

"이 도련님은 지방 사람인데 과거 시험 보러 왔다가 맹 선생에게 점을 쳤다. 그런데 맹 선생 하는 말이 십사 일 밤에 죽을 팔자이지만 만일 그때를 무사히 넘기면 장원 급제하여 즉시 벼슬을 받아 한림학사를 할 것이라지만 죽는다 하니 그 아니 불쌍하냐?"

하며 할멈이 슬퍼하는 것이었다. 이 말을 듣고 화선이 물었다.

"혹시 살릴 도리가 없다고 하더이까?"

할멈이 대답하기를

"네가 모시고 있는 낭자의 방에 들어가야 요행으로 산다 하는구나. 그렇지만 죽기는 쉽거니와 어찌 그 방에 들어가겠는가?"

81

한대 화선이 잠잠이 안겨더니 운선을 향하여 왈 소녀난 이 주인의 녀식으로 김학노 댁 노자옵더니 금일 공자를 보고 말삼하옵기 황송하오나 존성대명[28]은 뉘시오며 무삼 연고로 누디의 기시오닛가 운선이 장탄 일성의 왈 나난 본대 계림부 금능 쌍에 리 상셔의 만득자라 셩은 리오 명은 운션이오 나흔 십오세라 십 년 전에 한 중이 내 상을 보고 하난 말이 십오 세 되면 횡액의 죽을 거시니

하였다. 화선이 잠잠히 앉아 있다가 운선을 향하여 말하기를

"소녀는 이 주인의 딸자식으로 김학노 댁 하인입니다. 오늘 도련님을 뵙고 말씀드리기는 황송하오나 귀하신 이름은 무엇이오며 무슨 이유로 이런 누추한 곳에 계신 것입니까?"

운선이 길게 탄식하고 나서 하는 말이

"나는 본래 계림부 금릉 땅에 사는 이 상서 집안의 늦게 얻은 자식으로 성은 이요, 이름은 운선이고 나이는 십오 세라. 십년 전에 어떤 중 하나가 내 관상을 보고 하는 말이 십오 세가되면 횡액을 당해 죽을 것이라 하였다.

20

부모를 십 년 상별하면 도액하리라 하기로 부모 슬하를 써난 지 십 년의 동셔표박 하난지라 도액할 쥴 알아더니 맹 션생에 말을 드른즉 십 년을 헛도이 고생하고 부모의 얼골을 다시 보지 못하고 텬리 타향에 외로온 넉시 되게스니 엇지 슬프지 아니하리오 바라건대 쥬인 모녀난 잘 쥬션하여 가련한 인생을 살녀쥬기 바라노라 하며 누쉬 옷깃을 젹시거날 화션이 공자의 말을 듯고 우난 형상을 보매 자연 비감하여 눈물을 흘니며 엿자오대 녯글에 하엿스되 셩사난 재텬하고 모사난 재인29)이라 하엿사오니 공자임의 소녀의 집에 쥬인을 졍하엿다가 죽사오면 그 경상을 엇지 참아 보리오 차라리 졔 몸이 죽을지라도 셩불셩간30)에 쥬션하리이다 하고 졔 함을 열고 일습 의복을 내여노코 왈 변복을 하여야 규중의 그렇지만 부모와 십 년간 이별하면 그 횡액을 막을 수 있다고 하여 부모 슬하를 떠났다. 부모를 떠나 동서로 떠돌아다닌 지 십 년이나 되어 횡액을 막은 줄 알았는데 맹 선생의 말을 들으니 십 년을 헛되이 고생하였구나. 부모님 얼굴은 다시 보지도 못하고 천리 타향에서 외로운 넋이 되게 되었으니 어찌 슬프지 아니하겠는가? 바라건대 주인 모녀는 내가 횡액을 면할 수 있도록 잘 주선하여 이 가련한 인생을 살려 주기 바라노라."

하는데 눈물이 흘러 옷깃을 적시었다.

화선이 도련님의 말을 들으며 우는 형상을 보니 자연히 슬픈 느낌에 휩싸여 눈물을 흘리며 여쭈었다.

"옛글에 이르기를 일을 성사시키는 것은 하늘에 달렸지만, 일을 이루려고 노력하는 것은 사람이라 하였습니다. 도련님께서 소녀의 집에 머무시다가 죽게 되신다는데 그것을 어찌 차마 보겠습니까? 차라리 제 몸이 죽을지라도 일이 되든 안 되든 방법을 찾아보겠습니다."

하고 자신의 옷장을 열고 의복 한 벌을 내어놓고 말하였다.

"여인의 옷으로 바꾸어 입어야 소저가 머무는 규방을

츌입을 하올 거시니입어 보옵소셔 운션이 마지못하여 의복을
개착하니 녀즁일색이라 화션이 소왈 공자 이졔 첩에 의복을
입어사오니 사생간 첩의 일신은 공자끠 의탁하올 거시니 그리
아옵소셔 운션이 답 왈 그난 렴녀 말고 잘 쥬션하여라 화션이
혼연대 왈 십사 일 져녁에 나올 거시니 그날 계교를 행하리이
다 하고 인하여 가니라

출입할 수 있을 것이니 입어 보옵소서."

운선이 마지못하여 의복을 입어 보니 매우 아름다운 여인처럼 보였다. 화선이 웃으며 말하기를

"이제 도련님이 저의 옷을 입었사오니 살든지 죽든지 제 한 몸은 도련님께 달렸습니다. 그리 아옵소서."

운선이 답하기를

"그런 염려 말고 방법을 잘 찾아보아라."

화선이 태연히 대답하기를

"제가 십사 일 저녁에 나올 것이니 그날 계교를 행하겠습니다."

하고서는 갔다.

21

원래 각노의 집 장원이 오 리나 되난지라 쵸당을 넘어가랴 하면 열두 대문 아홉 즁문을 지나셔 연당 압혜 배를 건너야 낭자 쳐소라 그러한 즁문마다 군사 잇셔 밤이면 구지 닷고 슈직하니 비죠라도 능히 츌입지 못하난지라 화션이 십사 일 져녁에 나와 셕반을 재촉하며 공자끠 엿자오대 금일 행하난 일은 셩즉 군왕이오 패즉 역적이라 소녀 죽사오나 계교를 행하다가 텬행으로 계교를 일우면 죠커니와 만일 그럿치 못하면 죽기를 면치 못하리이다 그러하나 죽을 지경에 당하오면 첩도 공자와 한가지 죽을지라 죠곰도 근심치 마옵쇼셔 첩을 짜라 지휘대로 하옵쇼셔 하며 수작하더니 셕반을 드리거날 먹기를 다한 후에 녀복을 개착하고 화션을 짜라가니라 이째 노고와 개똥을 공자를 위하야 칠셩단을 모흐고 목욕재계하고 향촉을 발키고 하날끠 츅슈하며 공자 살아오기를 지셩 발원하더라 원래 김각노의 집 담장이 오 리나 되었다. 그래서 열두 대문과 아홉 중문을 지나 연못 앞의 배를 건너야 낭자의 처소로 갈 수 있었다. 그런데 중문마다 군사가 지키고 있어서 밤이면 굳게 닫고 지키니 나는 새라도 능히 출입할 수 없을 정도였다. 화선이 십사 일 저녁에 나와 저녁밥을 급히 지으며 운선 도련님께 여쭙기를

"오늘 행하는 일은 성공하면 임금이 되는 것이지만 실패하면 역적이 되는 것이어서 소녀는 죽을 것입니다. 제가 계교를 행하다가 천행으로 계교를 이루면 좋겠지만 만일 그렇지 못하면 도련님도 죽기를 면치 못할 것입니다. 그렇지만 죽을 지경을 당하게 되면 저도 도련님과 마찬가지로 죽을 것이니 조금도 근심하지 마옵시고 제가 이끄는 대로 저를 따라 하옵소서."

하며 이야기하였다. 화선이 저녁밥을 드리니 운선이 먹기를 다한 후에 여자 옷을 입고 화선을 따라갔다.

이때 할멈과 개똥은 공자를 위하여 칠성단을 모으고 목욕재계하고 향촉을 밝히고 하늘을 향해 두 손으로 빌며 도련님 살아오기를 지극 정성으로 기도하였다.

차시 화션이 공자를 모시고 각노 택 첫 대문을 당하니 문 군사
문 왈 져 녀자난 어대 잇스며 무삼 일로 들어오난다 하니 화션
이 답 왈 이 녀자난 남촌 리 상셔택 비자라 우리 택 쇼낭자
그 자색을 보시고져 하기로 다려오노라 하니 문졸이 그

이때 화선이 도련님을 모시고 김각노 집 첫 대문에 당도하니 군사가 묻기를

"저 여자는 누구이며 무슨 일로 들어오는 것이냐?"

하니 화선이 답하기를

"이 여자는 남촌 이 상서 댁 여종입니다. 우리 댁 소저께서 이 여종을 보고싶어 하시기에 데려오는 것입니다."

하니 문 지키는 군졸이

심지를 모르고 검함이 업거날 그럼으로 열두 대문과 아홉 중문을 지나니라 이째 각노 침소의 당하엿난지라 문틈으로 여허보니 각노 셔안을 의지하야 촉을 발키고 고셔를 보난지라 그 방을 지나갈 계교 업셔 민망하더니 문득 한 묘책을 생각하고 공자더러 왈 첩이 이리이리 할 거시니 첩의 몸에 싸여 쩌러지지 말고 짜라 오쇼셔 하고 문을 급히 열고 다라드니 문 바람과 사람에 의복 바람의 촉불이 쩌지난지라 압흘 막으며 뒤문을 열고 공자를 내여노흐니 각뇌 아지 못하고 쑤지져 왈 무삼 츌입이 그다지 경솔하냐 하거날 화션이 다시 촉불을 발키고 엿자오되 알외압기 황숑하오나 명일이 쇼비 아비의 죽은 날이옵기로 어미 집이 나갓삽다가 마루를 당하오니 공연이 두발상지하옵기로 겁결에 들어오압다가 귀체를 놀내엿사오니 쇼녀의 죄 만사무셕이로쇼이다 그 속셈을 모르고 금하지 않으니 열두 대문과 아홉 중문을 어려움 없이 지나갔다.

이때 김각노의 침소에 도착하여 문틈으로 살짝 엿보니 김각노가 책상을 의지하여 등불을 밝히고 책을 보고 있었다. 그 방을 지나갈 방법이 없어 답답하였는데 문득 한 가지 묘책이 떠올랐다. 화선이 운선 도령에게 말하기를

"제가 이리이리 할 것이니 저의 몸에 딱 붙어 떨어지지 말고 따라오시옵소서."

하고 문을 급히 열고 달려드니 문 바람과 사람의 의복 바람에 등불이 꺼지는 것이었다. 화선이 앞을 막으며 뒷문을 열고 운선을 내어놓으니 김각노가 알지 못하고 꾸짖었다.

"무슨 출입이 그다지 경솔한 것이냐?"

하거늘 화선이 다시 등불을 밝히고 여쭈기를

"아뢰옵기 황송하오나 내일이 저의 아비가 죽은 날입니다. 그래서 어미 집에 나갔었다가 들어오는데 마루에 당도하니 공연히 머리털이 쭈뼛하며 곤두서옵기로 엉겁결에 들어오다가 주인님을 놀라게 하였사오니 저의 죄가 만 번 죽어도 마땅합니다."

각노 쳥파에 그러할 쯧하여 다시 뭇지 아니하고 들어가라 하시
니 연하여 공자를 뫼시고 쏘 부인 침쇼의 당하엿난지라 자최
소래 업시 들어가 보니 부인이 쵹하의 침자 하거날 물너 나와
공자다려 일너 왈 악가와 갓치 할 거시니 여차여차 하옵쇼셔
하고 달녀드러 문을 열고 급히 들어가니

김각노가 다 듣고 나니 화선의 이야기가 그럴듯하여 다시 묻지 않고

"들어가라."

하여 화선이 도련님을 모시고 갔다. 가다 보니 또 부인의 침소에 다다랐다. 자취도 소리도 없이 살살 들어가 보니 부인이 등불 아래에서 수를 놓고 있었다. 화선이 물러 나와 운선에게 이르기를

"아까와 같이 할 것이니 이렇게 이렇게 하옵소서."

하고 달려들어 문을 열고 급히 들어가니

23

바람결에 촉불이 꺼지거날 부인이 대경하여 아모리 할 줄 모르고 안졌난 사이에 뒤문을 열고 공자를 내여 보내고 불을 발키고 부인 슈족을 만지더니 이윽고 부인이 정신을 차려 이러 안지며 대책 왈 요 요망한 년아 무삼 츌입이 그다지 경솔하난다 화션이 엿자오되 내일이 아비 죽은 날이옵기로 늘근 어미 물이나 써 놋는가 하여 나갓삽다가 자연 지체되여 야심하옵기에 어린 마음의 무셔온 생각이 대발하여 급히 들어오다가 부인 귀체를 놀내엿사오니 죄를 당하여이다 하니 부인이 그러할 뜻 하기로 네 방으로 들어가라 하거날 화션이 공자를 뫼시고 연당 배를 건너니라 이째 낭자 등촉을 발키고 쥬역을 닑으매 화션이 공자의 숀을 잡고 왈 이 방이 낭자의 쳐쇼오니 들어가 쳐분대로 하옵쇼셔 바람결에 등촉의 불이 꺼지거늘 부인이 깜짝 놀라 어찌할 줄을 모르고 앉아 있는 사이에 뒷문을 열고 운선 도련님을 내어 보냈다. 그리고 불을 밝히고 부인의 수족을 주물렀더니 좀 있다가 부인이 정신을 차리고 일어나 앉으며 크게 꾸짖었다.

"이 요망한 년아! 무슨 출입이 그다지 경솔한 것이냐!"

화선이 여쭈기를

"내일이 제 아비 죽은 날이옵니다. 그래서 늙은 어미가 물이나 떠 놓는가 하여 집으로 나갔었는데 자연히 시간이 지체되어 밤이 깊어졌습니다. 어린 마음에 무서운 생각이 크게 일어나 급히 들어오다가 부인의 귀한 옥체를 놀라게 하는 죄를 지었습니다."

하니 부인이

"그랬겠구나. 네 방으로 들어가라."

하거늘 화선이 운선 도련님을 모시고 연못의 배를 건넜다. 이때 소저가 등촉을 밝히고 주역을 읽으니 화선이 도련님의 손을 잡고 말하였다.

"이 방이 소저의 처소이니 들어가서 하려고 하신 대로 하옵소서."

하며 녀복을 벗기고 남복을 입히고 화션은 자최 쇼래 업시 제 방으로 들어가니라 운션이 별당 문고리를 잡고 쳔사만탁[31]할 지음에 홀연 광풍이 이러나 문이 열니며 몸을 밀어 방즁에 드리치니 졍신이 아득하야 사지를 펴고 혼졀하거날 쇼져 화션을 기다리고 혼자 안져 쥬역을 잠심하더니 홀연 음풍이 대작하여 문을 열고 한 동재 방즁에 드러쳐 죽난지라 하며 운선이 입은 여자 옷을 벗고 남자 옷으로 갈아입도록 하고 화선은 소리도 자취도 없이 자신의 방으로 들어갔다. 운선이 별당 문고리를 잡고 갖가지 생각으로 가늠하고 있을 즈음에 홀연히 광풍이 일어나 문이 열렸다. 그때 운선의 몸이 바람에 밀려 방안으로 들이치니 정신이 아득하여 팔다리를 펴고 혼절해 버렸다.

이때 소저는 방에서 화선을 기다리며 혼자 앉아 주역을 읽으며 깊이 생각하고 있었는데 갑자기 싸늘한 바람이 크게 불어 방문이 열리고 한 남자아이가 방안에 들이쳐 죽는 것이었다.

24

쇼제 그 죽엄을 보고 대경하야 즉시 그 부모의게 고하랴 하다
가 다시 생각하고 한 패를 풀어보니 짐짓 텬정연분이라 상셔끠
고하야 텬정연분을 살해함도 상셔가 아니오 쏘한 화선의 명이
경각에 잇난지라 할일업셔 그 죽엄을 더운 곳에 뉘이고 슈죡을
쥬므르니 이윽고 정신을 차리며 물을 찻거날 미슈의 쳥심환을
풀어먹이니 즉시 이러 안난지라 쇼제 참괴하여 벽을 안고 정색
왈 사람인지 귀신인지 모르거니와 내 집이 일국지상의 규문이
라 비죠라도 능히 츌입지 못하거던 엇지 들어왓나뇨 만일 지체
하면 잔명을 보젼치 못하리니 쌜니 나아가라 한대 운션이 답왈
나난 사람이오 귀신도 아니라 텬신이 지시한

소저가 그 죽음을 보고 크게 놀라 즉시 자기 부모에게 고하려 하다가 다시 생각하고 한 점괘를 풀어보니 자신과 진정 천생연분(天生緣分)이었다.

상서에게 고하여 천생연분인 남자를 죽게 하는 것도 상서로운 일이 아니고, 또한 화선의 목숨도 위태로운 지경에 이를 것이었다. 어쩔 수 없이 그 죽은 몸을 따뜻한 곳에 눕히고 팔다리를 주무르니 죽은 듯 누워 있던 남자아이가 얼마 있다가 정신을 차리며 물을 찾았다. 미숫가루 물에 청심환을 풀어 먹이니 즉시 일어나 앉았다.

소저가 매우 부끄러워 벽을 향해 앉고 정색하여 말하기를
"사람인지 귀신인지 모르겠으나 여기는 일국 재상의 집이요, 여인이 거처하는 규문이라. 날아다니는 새라도 능히 출입하지 못하는데, 너는 어찌 들어온 것이냐? 네가 여기서 만일 조금이라도 지체하면 네 남은 목숨을 보전하지 못하리니 빨리 나가라!"

하니 운선이 답하기를
"나는 사람이고, 귀신도 아니라! 이것은 하늘의 신령이 지시한

일이로라 한대 낭자 답 왈 공자의 츌입한 일은 임의 짐작하엿
거니와 밧비 나가라 한대 운선이 장탄 일성에 갈오대 쇼져난
허물치 말고 내 말을 드러보쇼셔 나난 금능 짜 리 상셔의 만득
자32) 운선이압더니 팔자 긔구하여 오 셰 되매 엇더한 도사 와
셔 내 상을 보고 왈 십 년을 지내면 십생구사할 거시니 십 년을
부자 셔로 이별하고 동셔개걸하면 도액하리라 하기로 쇼자 개
쏭을 다리고 십 년 풍상을 격다가 금번 과거의 관광차로 왓

일이노라.”

하였다. 운선의 말에 소저가 답하기를

“도련님께서 출입한 일은 이미 알았으니 빨리 나가십시오.”

하니 운선이 길게 한숨을 쉬고 탄식하는 목소리로 말하였다.

“소저께서는 꾸짖지 마시고 제 말을 한번 들어보소서. 저는 금릉 땅에 사는 이 상서가 나이 들어 얻은 아들로 운선이옵니다. 하지만 제 팔자가 기구하여 다섯 살 되었을 때 어떤 도사 하나가 와서 제 관상을 보고 십 년이 지나야 십생구사로 겨우 살 것이라 하였습니다. 그 도사는 십 년 동안을 부모님과 자식이 서로 이별하고, 저는 사방천지로 돌아다니며 구걸하여야 악운을 넘길 것이라 했습니다. 그래서 저는 개똥이를 데리고 십 년 동안 온갖 고생을 다 겪으며 살았는데, 이번 과거에 응시하러 오게 되었습니다.

25

드니 맹 션생의 졈이 가장 고명하다 하기의 졈을 한즉 낭자 방에 들어가야 횡액을 면하리라 하기로 쳔신만고[33]하야 낭자 방에 들어왓사오니 복원 낭자난 나의 사생을 애셕히 역여 깁히 생각하압쇼셔 한대 낭자 내렴의 생각하되 슈텬 리 밧게 잇난 공자 나를 차자왓스니 이난 텬뎡연분이라 내 살녀 보내리라 하고 묵묵부답하니 운션이 낭자의 긔색을 보고 갓가이 안지며 낭자의 손을 잡고 왈 낭자난 빙셜 갓흔 졀개를 잠간 굽히여 부운 죵젹을 구하쇼셔 하며 쵹을 물니고 금리에 나아가 운우지 락[34]을 닐우니 양인에 졍이야 엇지 다 셩언하리오 낭자 쵹을 발키고 미쥬 션찬을 내여 권하더니 밤이 깁허 임의 해자 말이 되엿난지라 그런데 우연히 맹 선생의 점이 가장 대단하다는 소리를 듣고 점을 보게 되었는데, 소저의 방에 들어가야 변고를 면할 수 있다고 하여 천신만고(千辛萬苦) 끝에 소저의 방에 들어온 것입니다. 그러니 제발 바라건대 소저께서는 저의 목숨을 아깝게 여기시어 깊이 생각해 주옵소서."

하니 소저가 마음속으로 생각하기를

'수천 리 밖에 있는 도련님 나를 찾아왔으니 이것은 분명 하늘이 내리신 인연이라. 내가 살려서 보내야겠다.'

하고 잠시 아무 말 없이 앉아 있었다.

운선이 소저의 기색을 보고 가까이 앉으며 소저의 손을 잡고 말했다.

"소저께서는 빙설 같은 절개를 잠깐 굽히시고 뜬구름 같은 인생을 구해주소서."

하며 등촉을 끄고 잠자리에 나아가 운우지락(雲雨之樂)을 이루니 두 사람의 정을 어찌 다 말로 표현하리오.

소저가 등촉을 밝히고 좋은 술과 안주를 내어 권하였는데 밤이 깊어 점괘에서 나온 대로 일이 일어났다.

공중에서 웨여 왈 낭자 방에 잡아갈 사람이 잇사오니 밧비 내여 쥬압쇼셔 하거날 낭자 귀쫄인 줄 알고 고셩대매하여 축귀경[35)을 닑으니 귀졸이 범치 못하여 다라나난지라 공자 홀연 긔졀하난지라 낭자 대경 황겁하야 사지를 만지며 환생단을 가라 입에 너흐니 이윽고 정신을 차리난지라 쥬효를 내여 권하고 담쇼하더니 원촌의 계명셩이 들니거날 낭자 왈 말하기난 무궁하거니와 엇지 셥셥지 아니릿가 운션이 답 왈 유리표박[36)한 몸이

공중에서 외치는 소리가 들리기를

"소저의 방에 잡아갈 사람이 있사오니 빨리 내어 주옵소서."
하는 것이었다. 소저가 잡귀인 줄 알아채고 큰 소리로 호되게
꾸짖으며 귀신 쫓는 경을 읽었다. 그러니 잡귀가 차마 범하지
못하고 달아나고 운선은 놀라서 돌연 기절해 버렸다.

소저가 크게 놀라고 겁도 나서 팔다리를 만지며 환생하는
약을 갈아 입에 넣으니 조금 뒤 정신을 차리고 일어났다. 소저
가 술과 안주를 내어 권하고 서로 담소하다 보니 멀리서 닭
우는 소리가 들렸다. 소저가 말하기를

"우리가 이야기를 나누자면 끝이 없을 것이니 어찌 섭섭하지
않겠습니까?"

운선이 답하기를

"이리저리 떠돌아다니는 몸이

26

낭자의 생활지덕을 입사와 목슘이 살아사오니 은혜 백골난
망37)이라 백년 동거하여 그 은혜를 반분이나 갑고져 하오니
무삼 묘책을 가라쳐 쥬압쇼셔 한대 낭자 왈 첩이 심규의 잇사
와 범백을 모르나 우리 부친이 첩을 사랑하여 인재를 구하시더
니 남양 동츈 백 상셔 자제 비범함을 드르시고 사회를 졍코져
하여 이번 과거에 장원급데를 식인 후의 결혼코져하여 글제와
글을 보내오니 일이 난쳐하오나 츙신은 불사이군이오 렬녀난
불경이부38)라 하니 첩이 임의 낭군을 뫼셧사오니 엇지 타인을
구하리오 금번 과거의 상시관은 부친이오니 글을 써셔 밧치압
쇼셔 하고 일품 지와 일슈 시를 쥬거날 운션이 필흥이 도도하
여 일필휘지39)하니 용사비등이라 낭자 견필에 희색이 만면하
여 왈

소저의 살려주신 은혜 덕분에 이 목숨을 건지게 되었사오니 이 은혜가 백골난망(白骨難忘)입니다. 백 년 동거하여 이 은혜를 절반이라도 갚고자 하오니 그 방법을 가르쳐 주옵소서."

하니 소저가 말하기를

"제가 여인으로 살아온지라 보통 사람들이 하는 방법을 잘 모르오나 우리 부친이 저를 사랑하여 인재를 구하시다 남양 동촌의 백 상서 자제가 비범함을 들으셨습니다. 그래서 사위로 삼고자 하여 이번 과거에 장원급제 후에 결혼시키시려고 글제와 글을 보내셨으니 일이 난처하게 되었습니다. 충신(忠臣)은 불사이군(不事二君)이요, 열녀(烈女)는 불경이부(不更二夫)라 하는데, 저는 이미 도련님을 남편으로 모셨사오니 어찌 다른 사람을 남편으로 맞이하겠습니까? 이번 과거의 시험관은 저의 부친이오니 이 글을 써서 바치옵소서."

하고 좋은 종이와 시 한 수를 주는 것이었다. 운선이 글 쓰는 흥취가 기운차게 일어나 일필휘지(一筆揮之)로 쓰니 용사비등(龍蛇飛騰)이었다. 소저가 운선의 글을 본 후에 얼굴에 기쁜 빛이 가득하여 말하기를 낭군이 아직도 액이 만사오니 첩의 말을 자셰이 들으시고 잇지 마압쇼셔 지금 문을 나셔면 화션이 길을 인도할 거시오니 지휘대로 하압쇼셔 쏘 쥬인에 나가 쥬사 한 돈중만 사다가 셰슈할 쌔에 왼편 쌤에 바르고 셰슈하시면 은은이 불근지라 사오 일 셰슈 마르시고 과장의 들으실 쌔에 백 상셔 집 하인이 문에 드지 못하게 하압거던 호령하여 몰니치시고

"도련님께서는 아직 넘어야 할 불운이 많이 남아 있사오니 제가 드리는 말씀을 자세히 들으시고 잊지 마옵소서. 지금 문을 나서면 화선이 길을 인도할 것이오니 이끄는 대로 하옵소서. 또 도련님께서는 나가서 붉은 안료 한 돈만 사다가 세수할 때에 왼편 뺨에 바르고 세수하시면 은은하게 붉어질 것입니다. 사오일쯤 세수하지 마시고 과거 시험장에 들어가실 때 백 상서 집 하인이 문에 들지 못하게 하면 호령하여 물리치십시오.

27

바로 현졔판[40] 밋혜 섯스면 글졔 나기 젼에 봉두난발한 놈 삼
인이 옷보를 메고 와셔 황사시라 하거던 왼발을 굴으고 츅귀경
을 닑으면 옷보를 바리고 갈 거시니 글졔 나거던 일쳔의 밧치
면 장원급뎨할 거시니 그날은 장안 대신 댁을 지어불지간[41]에
단이다가 셕양이 되거던 쳡의 집으로 오시면 쳡의 부친이 만도
하온 곡졀을 뭇거던 이리이리 대답하시고 쏘 화문셕과 백문셕
을 일졔로 노왓거던 화문셕에 안지 말고 백문셕에 안지시면
그 곡졀을 물을 거시오니 대답하시되 여차여차 하압소셔 우리
백년계약은 이 즁에 잇사오니 명심불망하압쇼셔 하고 쥬효를
내여 권하며 닐오대 신졍이 미흡하나 마지못하여 손을 잡고
이별하고 문밧게 나셔니 화션이 내다라 공자의 손을 잡고 반기
며 갈오대 도련님이 밤을 무사이 지내엿사오니 쳔만 다행하여
이다 하며 연당배를 건너가니

현제판 바로 밑에 서 있으면 글제가 나오기 전에 봉두난발한 놈 세 명이 옷 보따리를 메고 와서 '횡사시'라 하면 왼발을 구르고 귀신 쫓는 경을 읽으십시오. 그러면 옷 보따리를 버리고 갈 것이니 글제가 나면 이 글을 바치십시오. 그렇게 하면 장원급제할 것이니 그날은 장안에 있는 대신 댁을 알든 모르든 간에 다니십시오. 그러다가 석양이 되거든 저의 집으로 오십시오. 그때 저의 부친이 늦게 도착한 이유를 물으시면 이렇게 이렇게 대답하십시오. 또한 화문석과 백문석을 한꺼번에 놓았다면 화문석에 앉지 말고 백문석에 앉으십시오. 그러면 그 이유를 물을 것이오니 이렇게 이렇게 대답하옵소서. 우리의 백년가약은 이렇게 해야 이룰 수 있사오니 명심하시고 절대 잊지 마옵소서."

하고 술과 안주를 내어 권하며 이야기하였다. 새로이 쌓은 정이 미흡하나 마지못하여 손을 잡고 이별하고 문밖에 나서니 화선이 뛰쳐나와 공자의 손을 잡고 반기며 말하기를

"도련님이 밤을 무사히 지내었사오니 천만 다행입니다."

하고 연못의 배를 타고 건너갔다.

만뇌구젹42)하고 문을 구지 닷앗난지라 화션이 한 계교를 생각
하고 공자더러 왈 쳠이 여차 하올 거시니 그 사이를 타 나가압
쇼셔 하며 시목가리에 불을 질으고 졔 방으로 들어가니라 이윽
고 화광이 츙텬하니 하리들이 대경하여 불을 잡을 째에 은은이
나아가 쥬인으로 가니

그런데 밤이 깊어 사방이 적막하고 문이 굳게 닫혀 있었다. 화선이 한 방법을 생각해 내고 운선에게 말하였다.

"제가 이렇게 이렇게 할 것이니 그 사이를 타서 나가옵소서." 하며 땔감나무 더미에 불을 지르고 제 방으로 들어가 버렸다. 조금 지나자 불꽃이 충천하니 하인들이 깜짝 놀라 불을 끄느라 정신이 없었다. 이때에 운선이 슬그머니 나갔다.

28

이째 개똥이 공자를 보내고 밤을 지내도록 하날게 츅슈하며 칠성단 밋헤 업드렷더니 공자의 음셩을 듯고 반겨 급히 이러셔니 병든 슈죡이 다 펴지고 어두운 눈이 발가 완인이 되엿난지라 노고와 개똥이 공자를 마자 좌졍한 후에 살아난 사연을 셜화하며 개똥이 완인됨을 깃거하며 그 졍셩을 층찬하더라 니윽고 동방이 열니거날 쥬사 한 돈즁을 왼편 쌤에 바르고 셰슈하니 불근 흔젹이 은은한지라 식후에 장즁에 긔계를 차려 가지고 들어가니라 차셜 백운이 슈십 노복을 다리고 현쳬판 밋헤 졉을 졍한 후에 쏘 리운셩이 졉을 졍하고 안지랴 할 지음에 봉두난발한 놈 삼 인이 압헤와 셔며 왈 횡사시라 하거날 리운션이 눈을 부릅쓰고 왼발을 구르며 이때 개똥이 공자를 보내고 나서 밤이 새도록 하늘에 기도하며 칠성단 밑에 엎드려 있다가 운선 도련님의 음성을 듣고 반가워 급하게 일어섰다. 그랬더니 놀랍게도 개똥의 병들었던 팔과 다리가 다 펴지고, 어두웠던 눈이 밝아져 병이 다 없어지고 완전히 나았다.

할멈과 개똥이 운선을 맞이하여 자리에 앉은 후에 운선이 살게 된 사연을 이야기하며 개똥의 병이 완전히 나은 것을 기뻐하며 그 정성을 칭찬하였다.

이윽고 동쪽 하늘이 밝아지니 운선이 붉은 염료를 왼편 뺨에 바르고 세수하였다. 그러고 보니 얼굴에 붉은 흔적이 은은하게 나타났다. 운선이 아침을 먹은 후 과거 시험장에 시험 볼 준비를 하여 갔다.

이때 백운이 수십 명의 하인들을 데리고 현제판 밑에 자리를 정하여 앉았다. 이운선도 또한 자리를 정하고 앉으려 할 즈음에 봉두난발한 놈 세 명이 앞에 와서 서며 말하기를

"횡사시."

라 하였다. 그래서 이운선이 눈을 부릅뜨고 왼발을 구르며

축귀경을 외오니 그 놈이 대경하야 다라나며 백운션의 졉에 가서 무산 거슬 가지고 간대 업거날 심즁에 괴이 역이더니 이윽고 그 졉에서 백운션이 죽엇다 하고 노속이 울며 시쳬를 거두어 가니라 오래지 아니하야 글졔를 내거날 살펴보니 낭자 쥬던 글졔라 대희하야 일쳔의 글을 밧치고 쥬인으로 나오니 노고와 개쏭이 글밧침을 뭇거날 운션이 답 왈 글을 일쳔의 밧치고 나왓스니 대방이나 잘 보아라 개쏭이 대방

귀신 쫓는 경을 외우니 그놈이 크게 놀라 달아나면서 백운선의 자리에 가서 무언가를 가지고 간데없이 사라졌다. 이운선이 심중에 괴이하게 여겼는데 얼마 지나지 않아 그 자리에서 백운선이 죽었다 하고 하인들이 울며 시체를 거두어 갔다.

오래지 아니하여 글제가 나와서 살펴보니 소저가 주었던 바로 그 글제였다. 운선이 크게 기뻐 제일 먼저 글을 제출하고 숙소로 오니 할멈과 개똥이 과거 시험을 잘 보았는지 물었다. 운선이 답하기를

"글을 제일 먼저 바치고 나왔으니 과거 시험 결과나 잘 보아라."

하였다. 개똥이 과거 시험 결과를

29

을 볼 차로 가니라 차셜 각노 일천의 글을 바다보니 약쇽한
글이라 상지상43)에 휘장하야 비봉을 개탁하니 계림부 금능 짜
에 거하난 리부상셔 리진희의 아달 운션이라 하엿거날 죵일
기다려도 백운션의 죵젹이 업거날 내렴에 괴이하다 하고 이
글 임자난 곳 쳔쉬라 하고 인하여 호명하니 금능 짜 리운션이
라 하난 소래 원근의 진동하난지라 개똥이 호명을 듯고 대희하
여 츔을 츄며 쥬인으로 도라와 방을 고하니 공자와 화션 모녀
더욱 질거하더라 운션이 관복을 갓죠고 궐내의 들어가 사은슉
배하온대 텬자 긔특이 역이샤 즉일 한림학사를 졔슈하시고 홍
포옥대에 금안쥰마44)를 쥬시고 리원풍악45)과 화동을 사송하
시니 한림이 텬은을 츅사하고 궐문에 나셔며 머리에 어사화오
몸에

보기 위해 나갔다.

이때 김각노가 제일 먼저 제출된 글을 받아보니 자신이 약속한 글이었다. 그 글을 최고로 알리고 봉해진 것을 열어보니 계림부 금릉 땅에 거하는 이부상서 이진희의 아들 운선이라고 적혀 있었다. 김각노가 의아하여 하루 종일 백운선을 기다렸으나 종적이 없어 마음속으로 괴이해 하였다. 그리고 그 글 임자가 곧 하늘이 정한 운명이라 생각하고

"금릉 땅 이운선!"

이라고 호명하니 그 소리가 원근에 진동하였다.

개똥이 운선을 호명하는 소리를 듣고 크게 기뻐하여 춤을 추며 숙소로 돌아와 운선의 장원급제를 고하니 운선과 화선 모녀가 더욱 즐거워하였다.

운선이 관복을 갖추어 입고 궐내에 들어가 사은숙배하니 천자께서 기특히 여기시어 바로 그날 한림학사를 제수하시고 홍포(紅袍) 옥대와 금안준마도 주시고 궁중 잔치와 화동을 보내시니 한림이 임금의 은덕에 감사드렸다.

이운선이 대궐문을 나서는데, 머리에는 어사화를 쓰고, 몸에는

홍포를 입고 허리에 옥대를 씌고 좌슈에 홍패오 우슈에 백옥홀을 잡고 금안백마의 두렷이 놉히 안젓스니 청홍개는 일월을 가리오고 풍악 소래난 원근에 진동하니 구경하난 사람이 뉘 아니 층찬하리오 바로 쥬인을 차져오니 화션 모녀 내다라 희불자승하여 쥬효를 내여 권하며 못내 질거하더라 각셜 김각노 본부의 도라와 부인다려 닐오대 백운션이 과거 아니븐

홍포를 입고, 허리에는 옥대를 띠고, 왼손에는 홍패를, 오른손에는 백옥홀을 잡고 금안준마에 뚜렷이 높이 앉은 모습이었다. 행렬을 보니 청개와 홍개는 일월을 가리고, 풍악 소리가 원근에 진동하니 구경하는 사람 중 칭찬하지 않는 사람이 없었다.

운선이 바로 숙소로 찾아오니 화선 모녀가 뛰어나와 넘치는 기쁨에 어찌할 바를 몰라했다. 그리고 술과 안주를 내어 권하며 운선과 개똥이, 화선 모녀 모두 못내 즐거워하였다.

각설. 김각노가 자신의 집에 돌아와 부인에게 백운선이 과거 시험을 보지 않은

30

일과 리운션의 문필상약한 글과 여합부절46)함을 신통이 역이

며 그 션풍옥골을 사랑하며 백가와 계약함을 한탄하더라 차시

한림이 각 대신을 본 연후에 셕양이 되매 김각노 댁을 차져가

니 각노 반기며 신래를 불으시니 구경하난 사람의 칭찬하난

소래 원근에 사모치더라 차시 부인이 한림의 풍채를 구경코자

하야 망월누에 올나 쥬렴47)을 느리고 볼 지음의 쇼제 별당으로

좃차 나오며 헛도이 웃거날 부인이 책 왈 무삼 일로 실업시

웃나뇨 소제 대 왈 소녀 작야 삼경에 일몽을 어드니 압 연당에

셔 청룡 황룡이 셔로 싸오다가 황룡은 근역이 진하여 쩌러지고

청룡은 의긔양양하야 오운의 싸이여

일과 이운선의 글과 글씨가 서로 약속한 글과 꼭 들어맞아 신통하게 여긴 일을 이야기하였다. 그리고 이운선의 그 신선같이 고결한 풍채를 칭찬하며 백씨 가문과 혼인을 약속한 것을 한탄하였다.

한편 한림 이운선이 각 대신들의 집을 돌아본 후에 석양이 되니 김각노 댁을 찾아갔다. 김각노가 반가워하며 새로 과거급제한 사람이라고 이운선을 부르시니 구경하는 사람들이 칭찬하는 소리가 온 사방에 퍼졌다.

이때 김각노의 부인이 한림 이운선의 풍채를 구경하기 위해 망월루에 오르려고 주렴을 늘이고 보고 있었다. 그 즈음에 소저가 별당으로 쫓아 나오며 실없이 웃는 것을 보고 부인이 책망하며 말했다.

"너는 무슨 일로 실없이 그렇게 웃느냐?"

소저가 대답하기를

"제가 지난 밤 12시쯤에 꿈을 하나 꾸었습니다. 꿈에 앞 연못에서 청룡과 황룡이 서로 싸웠는데, 황룡은 싸우다가 근력이 다하여 쓰러지고 청룡은 의기양양하여 오색구름에 싸여 등텬하압기로 소녀 승지자를 보와 기룡의 **쌤**을 치오이 그 **쌤**에 불근 빗치 나며 상텬하압기로 몽사를 생각하고 웃나이다 하며 부인을 뫼셔 누에 올나 한림의 진퇴하난 거동을 보니 텬상 션관이 하강한 듯 광채 찬난하고 **쏘**한 왼 **쌤**에 볼근 빗치 잇난지라 부인이 신긔히 역여 소져의 몽사를 생각하고 사회를 정코자 하더니 각노 한림을 사랑하여 무슈이 진퇴하다가 당의 나려 마자 좌정할새 화문셕과 백문셕을 펴고 안기를 청한대 한림이 백문셕의 안지니 각하늘로 올라가고 있었습니다. 제가 이긴 용을 보고 그 용의 뺨을 치니 그 뺨에 붉은빛이 나며 하늘에 올라갔는데 그 꿈을 생각하고 웃었습니다."

하면서 부인을 모시고 망월루에 올랐다.

한림 이운선이 오가는 거동을 보니 천상의 선관이 하강한 듯 광채가 찬란하였다. 또한 왼쪽 뺨에 붉은빛이 있었다. 부인이 신기하게 여기며 소저가 꾼 꿈을 생각하고 이운선을 사위로 정하고 싶어했다.

한편 김각노가 한림 이운선을 매우 마음에 들어 하여 무수히 보다가 마루로 맞이하였다. 자리에 앉으면서 화문석과 백문석을 펴 놓고 앉으라고 청하였는데 한림이 백문석에 앉는 것이었다.

31

노 연고를 뭇거날 한림이 대왈 소자 텬은을 입사와 나이 어리
오니 엇지 죤셕의 안지릿가 한대 각노 내렴의 긔특이 역여 쥬
찬을 내여 권하며 담화하더니 날이 져물매 한림이 하직하고
쥬인으로 가니라 각노 내당의 들어가 그 선풍48) 옥골49)을 내
내 칭찬하더니 차셜 이째 백 상셔 아들을 장즁에 보내고 김각
노와 상약이 잇기로 단단이 밋어더니 날이 반일 못하여 노복이
운션의 시쳬를 메고 오난지라 백 상셔 운션의 시쳬를 안고 대
셩통곡하니 철셕간장50)이라도 엇지 슬프지 아니리오 그러하
나

김각노가 그것을 보고 백문석에 앉는 이유를 물었다. 한림이 대답하기를

"제가 천은(天恩)을 입어 과거에 급제하였으나 제 나이가 아직 어리오니 어찌 높은 자리에 앉겠습니까?"

하였다. 김각노가 운선이 하는 대답을 듣고 마음속으로 기특히 여기며 술과 안주를 내어놓고 권하며 즐거운 이야기를 나누었다.

그러다가 날이 저무니 한림이 하직하고 자기가 머무는 숙소로 돌아갔다.

김각노는 내당에 들어가 한림학사 이운선의 그 선풍 옥골을 내내 칭찬하였다.

한편 이때 백 상서가 아들을 과거 시험장에 보내고 김각노와 서로 약속한 것이 있으므로 아들이 과거 급제할 것을 단단히 믿고 있었다. 그런데 하루가 반도 지나지 않아 집안 하인들이 아들 운선의 시체를 메고 들어오는 것이었다.

백 상서가 아들 운선의 시체를 안고 대성통곡하니 아무리 단단한 마음을 가진 사람이라도 어찌 슬프지 않겠는가? 그러나

사자난 불가부생이라 할일업셔 김각노 댁으로 통부를 젼하고
염습 입관하여 션영 근쳐의 안장하고 즉시 운션이 포태할 쌔
몽사를 생각하고 긔록한 글을 차자 해득하니 산산은 이팔이오
목황은 인명이라 산산은 날츌 자오 이팔은 십뉵이오 목황은
횡사오 인명은 목슘 슈 짜라 십뉵 셰 되면 횡사 하리라 함이러
라 글을 보고 더욱 슬어ᄒ며 팔자를 한탄하더라 차셜 김각노
부인으로 더부러 리운션을 사모하나 임의 백 상셔와 언약이
잇난지라 졍이 민망이 역이더니 문득 시비 등이 보하되 통부
왓다 하거날 즉시 바다보니 백운션이 쥭은 통부라 마음에 측은
하나 각노

죽은 사람은 다시 살 수 없는 것이니 어찌할 수 없어 김각노 댁에 아들의 부고를 전하고 염습, 입관하여 조상 무덤 근처에 안장하였다. 백 상서는 운선을 가질 때 꾸었던 꿈을 생각하고 기록한 글을 찾아보며 글자를 풀어 뜻을 깨닫게 되었다. 기록해 놓은 글을 보니

산산은 이팔이고, 목황은 인명이라.

되어 있었다. 글자를 풀어보니, 산(山) 자와 산(山) 자를 합치면 날 출(出) 자이고, 이팔(二八)은 십육(十六)이며, 목(木) 자와 황(黃) 자를 합치면 횡사(橫死)의 뜻이 되고, 인명(人命)은 목숨 수(壽) 자의 뜻이 되었다. 그러고 보니

열여섯 살이 되면 횡사하리라.

라고 한 것이었다. 글을 보고 더욱 슬퍼하며 팔자를 한탄하였다.

차설. 김각노가 부인과 더불어 이운선을 사위로 맞고 싶은 마음이 컸으나 이미 백 상서 집안과 혼인 언약을 맺었기에 상당히 민망하게 여기고 있었다. 그런데 갑자기 하인들이 고하기를 부고가 왔다 하였다. 김각노가 즉시 받아보니 백운선이 죽었다는 부고장이었다. 마음에 측은하기는 하였으나 김각노가

32

부인을 대하여 왈 당쵸의 녀아 혼사를 백가의게 언약하엿더니
백운션이 임의 죽어사오니 장찻 엇지하리오 내 마음에난 리운
션은 당셰 긔남자라 리 한림으로 사회를 정코져 하나 부인의
마음은 엇더하뇨 부인이 대 왈 쳡도 그 영걸을 사랑할 뿐더러
쇼져의 몽사 여차여차 하오니 이난 텬뎡 연분인가 하나이다
각노 대희하여 즉시 매파를 한림의게 보내니라 차시 한림이
노고 집의 도라와 화션을 불너 전후사를 칭사하며 쳡으로 정하
고 질기더니 이쌔 한림이 매파를 보고 쳐음 사양하난 체하다가
허락하난지라 도라와 각노의게 고한대 각노 대희하여 즉시 길
일을 택하니 계유년 오월 십칠 일이라

부인에게 말하기를

"당초에 우리 딸의 혼사를 백 상서 집안과 언약하였는데 백운선이 이미 죽었으니 앞으로 어찌해야 하겠습니까? 내 마음에는 한림학사 이운선이 지금 이 시대에 남달리 뛰어난 남자이니 이 한림을 사위로 정하고 싶소만, 부인의 마음은 어떠하십니까?"

부인이 대답하기를

"저도 그 사람이 가장 좋습니다. 뿐만 아니라 우리 딸의 꿈도 이러이러하오니 이것은 천생연분이 분명합니다."

하니 김각노가 크게 기뻐 즉시 매파를 한림학사 이운선에게 보내었다.

한편 한림학사 이운선이 할멈 집으로 돌아와 화선을 불러 이제껏 한 일을 칭찬하고 첩으로 정하여 즐거워했다. 이때 김각노 집안에서 매파가 오니 이 한림이 처음에는 사양하는 척하다가 허락하였다.

매파가 이운선 집에서 돌아와 김각노에게 고하니 김각노가 매우 기뻐하며 즉시 길일을 택하니 계유년 오월 십칠 일이었다.

한림이 길복을 갓쵸고 각노 부즁의 닐으러 교배할새 한림의
션풍 옥골과 소져의 화용월태[51] 일쌍명쥬오 백년가위[52]라 각
노의 부뷔 깃거함과 친쳑과 노복 등이 칭찬함을 엇지 다 측냥
하리오 교배를 파한 후의 별당에 도라와 길복을 벗고 안져 전
일을 생각하며 살펴보니 문방 치례 의구한지라 희불자승하더
니 황혼이 되매 낭자 시비를 거나리고 들어오난지라 한림이
이러나 례필 좌졍 후에 낭자의 다른 시비난 다 물니치고 화션
을 명하야

마침내 혼인날이 되니 한림이 혼례복을 갖추어 입고 김각노 집에 이르렀다. 이 한림과 김 소저가 혼례식을 올리며 번갈아 절하는데 한림의 선풍 옥골과 소저의 화용월태는 한 쌍의 아름다운 구슬이요, 평생 배필이었다. 김각노 부부가 기뻐하고, 친척과 집안 사람들이 칭찬하는 것을 어찌 다 측량하겠는가? 혼례식을 다 올린 후에 별당에 돌아와 혼례복을 벗고 앉아서 전에 왔던 일을 생각하며 살펴보니 서재의 모양은 변함없이 그대로였다. 이 한림이 어찌할 줄 모를 만큼 기뻐하고 있었는데, 황혼이 되니 소저가 시녀를 거느리고 들어왔다. 한림이 일어나 인사를 마치고 자리에 앉은 후에 소저가 다른 시녀는 다 물러가게 하고 화선을 명하여

33

슐을 한림의게 젼하여 왈 이 슐이 합환쥬53)압기로 첩도 먹사오
니 상공은 허물치 마르쇼셔 하거날 한림이 흔연이 바다 마셔
왈 낭자의 고명지덕을 입사와 잔명을 보젼하고 몸이 영귀하와
낭자와 백년 동락하게 되엿스니 그 은혜 백골난망이로소이다
낭자 왈 텬뎡연분이오 은혜 아니오며 화션의 지휘 아니면 엇지
인연하엿사오리오 하고 화션으로 더브러 동긔나 다름업시 상
공을 갓치 셤기매 뎍첩지분이잇사오나 무삼 관계함이 잇사오
릿가 한림이 그 관후대덕54)을 탄복하더라 이러구러 야심하매
화션이 엿자오대 쇼비 엇지 감히 상공을 한방에 뫼시리오 하니
낭자 그 례절을 긔특이 역이고 금겸의 나아가니 원앙지락을
비할 대 업더라

술을 한림에게 전하도록 했다. 그러면서 말하기를

"이 술이 합환주이기에 저도 먹사오니 상공은 저를 허물치 마십시오."

하니 한림이 기분 좋게 받아 마시고 말했다.

"소저의 고명한 덕을 입어 위태로운 목숨을 보전하고 영화롭고 귀한 자리에 올라 소저와 백년 동락을 누리게 되었으니 그 은혜 백골난망입니다."

소저가 말하기를

"천생연분이기에 된 것이지 은혜가 아닙니다. 또한 화선이 이끌지 않았다면 어찌 인연을 맺을 수 있었겠습니까? 그러니 저와 화선이 자매처럼 상공을 같이 섬기면 좋겠습니다. 비록 처첩 문제가 있으나 무슨 관계가 있겠습니까?"

하니 한림이 그 관후대덕(寬厚大德)에 탄복하였다. 이러구러 밤이 깊으니 화선이 여쭈기를

"미천한 제가 어찌 감히 상공을 한방에 모시겠습니까?"

하니 낭자가 예절을 기특하게 여기고 잠자리에 나아가니 원앙지락(鴛鴦之樂)을 비할 데 없었다.

동방이 발근 후에 한림 부부 각노의게 뵈온대 각노 부부 사랑
함이 측냥 업더라 차시난 갑자년 츈삼월 십구 일이라 황뎨 탄
일인 고로 만죠백관이 입시할새 각노난 먼져 들어가고 한림은
츄후에 들어갈새 쇼져 한림을 쳥하여 왈 금일 상공끠셔 궐내에
들어가실 째의 즁노 엇더한 놈이 무슈이 욕셜할 거시니 하인의
게 분부하여 잘 대졉하라 하시고 쏘 나오실 째의 그 놈 쏘 욕셜
하거던 하인을 분부하여 유인하야 다리고

동방이 밝은 후에 한림 부부가 김각노 부부를 뵈었다. 김각노 부부가 한림 부부를 보니 사랑함이 측량할 수 없었다.

이때는 갑자년 춘삼월 십구 일이었다. 황제의 탄신일을 맞이하여 만조백관이 입시하는데 김각노는 먼저 들어가고 한림은 추후에 들어가게 되었다. 그런데 소저가 한림을 청하여 말하기를

"오늘 상공께서 궐내에 들어가시는 길 중간에 어떤 놈이 나와 무수히 욕설을 할 것이니 하인에게 분부하여 잘 대접하라 하십시오. 또 나오실 때에도 그 놈이 욕설하면 하인에게 분부하여 그 놈을 유인하여 데리고

집으로 와 빈 방에 두고 상공의 의복은 그 놈을 입히고 그 놈 의복은 상공이 입고 병풍 뒤에셔 슘어 보쇼셔 하니 즉시 하인 을 불너 이대로 지휘하고 사인교의 안져 들어가다가 과연 엇더 한 놈이 내다라 욕셜하거날 들은 체 아니하고 들어가 단여 나 오더니 쏘 한 놈이 내다짜 수욕하난지라 하인으로 하여금 유인 하여 다리고 집의 도라와 빈 방의 안치고 진수셩찬과 미쥬가효 를 권권하니 슐이 대취한지라 황혼이 되매 한림이 옷슬 밧과 입어더니 해말[55]은 하여 음풍이 이러나며 한 쇼년이 머리를 풀어 산발하고 문을 열며 숀의 칼을 들고 들어와 사면을 살펴 더니 그 놈 자는 거슬 보고 다라드러 배를 갈나 내여 먹으며 왈 인졔난 원수를 갑하도다 집으로 오도록 하십시오. 그리고 그놈에게 상공의 의복을 입혀 빈방에 두시고, 그놈 의복은 상공이 입으시고 그 방 병풍 뒤에 숨어서 보소서."

하니 즉시 하인을 불러 소저의 말대로 하도록 하고 가마를 타고 대궐로 들어갔다.

그때 과연 어떤 놈이 뛰어나오며 욕설을 하였다. 이 한림이 들은 체하지 않고 대궐에 들어갔다가 나오는데 또 한 놈이 뛰어들며 모욕을 하였다. 그래서 한림이 하인으로 하여금 그 사람을 집으로 유인하여 데리고 오도록 하였다. 한림이 집에 돌아와 그 사람을 빈방에 앉히고 진수성찬과 좋은 술, 안주를 권하며 대접하니 그가 술이 많이 취하였다.

황혼이 되니 한림이 그 사람과 옷을 바꾸어 입었다. 밤 11시쯤 되었을 때 음풍이 일어나며 한 소년이 머리를 풀고 산발한 채 문을 열고 들어왔다. 그 소년이 손에 칼을 들고 들어와 사면을 살피더니 그놈이 자는 것을 보고 달려들어 배를 갈라 내어 먹으며

"이제야 원수를 갚았도다."

하고 나아가거늘 한림이 그 거동을 보고 황겁하여 낭자의 방으로 들어가니 그 고생한 일 생각하고 슐을 내여 권하며 왈 상공이 인제난 액을 다 지나스니 고향의 도라가 부모를 다시 뵈압고 칠십 샹수를 하올 거시니 아모 렴녀 마압쇼셔 그놈의 시쳬나 잘 뭇어 쥬압소셔 한대 한림이 즉시 개똥 불너 시체를 치운 후에 그 곡절을 낭자끠 물은대 낭자 왈 이번 죽은 놈은 젼생에 상공 은덕으로 살다가 금셰의 보은코져

하고 나가는 것이었다. 한림이 그 거동을 보고 겁이나 떨며 소저의 방으로 들어가니 소저가 그 고생한 일을 생각하고 술을 내어 권하며 말하기를

"이제는 상공의 악운이 다 지나갔으니 고향에 돌아가시면 부모를 다시 뵈옵고 칠십 이상 장수를 할 것이니 아무 염려 마옵소서. 그놈의 시체나 잘 묻어 주옵소서."

하였다. 한림이 즉시 개똥을 불러 시체를 치운 후에 그 곡절을 소저에게 물으니 소저가 말하기를

"이번에 죽은 놈은 전생에 상공의 은덕으로 살다가 이번 생에 상공께 은혜를 갚고자

35

하여 상공을 대신하여 죽음이오 그놈 죽인 거슨 백운션의 령혼
이라 횡사할 팔자를 모르고 상공으로 하여 죽은 줄 알고 해하
려 왓다가 그놈을 대신 죽엿사오니 첩의 지휘 아니오면 횡액을
엇지 면하오릿가 한림이 낭자의 명감을 탄복하더라 일일은 한
림이 부모를 생각하여 낭자다려 왈 내가 하방쳔인으로 낭자의
대덕을 입어 잔명을 보전하고 몸이 영귀하엿사오나 부모 슬하
를 쩌난 지 십년이 되도록 사생죤망을 모르니 불효만만한지라
황뎨끠 쥬달하여 슈유를 밧자와 고향의 도라가 션산에 쇼분하
고 부모님 좌하의 나아가 십년 간 불효한 죄를 사할가 하나이
다 낭자 대 왈 첩이 듯사오니 황셩셔 금능 짜이 이쳔 리오 겸하
여 계림부 쇼속이라 하오니 황뎨끠 쥬달하옵고 계림부 자사를
하여 감이 죠흘가 하나이다

상공 대신 죽은 것입니다. 그놈을 죽인 것은 백운선의 영혼입니다. 백운선이 자신의 횡사할 팔자를 모르고 상공으로 인하여 죽은 줄 알고 해치려고 왔다가 그놈을 상공 대신 죽였사오니 제가 알려드리지 않았다면 횡액을 어찌 면하였겠습니까?"

하니 한림이 소저의 뛰어난 식견에 탄복하였다.

일일은 한림이 부모를 생각하여 소저에게

"제가 지방의 천한 사람으로서 소저의 크신 덕을 입어 남은 목숨을 보전할 수 있었습니다. 이제 몸이 존귀하게 되었으나 부모 슬하를 떠난 지 십 년이 되도록 부모님의 사생존망(死生存亡)을 모르니 불효막심입니다. 그래서 황제께 아뢰어 며칠 말미를 받아 고향에 가고자 합니다. 고향에 돌아가 선산에 제사하고 부모님께 나아가 십 년 간 불효한 죄를 용서받을까 합니다."

하니 소저가

"제가 듣기로는 황성에서 금릉 땅이 이천 리이고, 겸하여 계림부 소속이라 하오니 황제께 아뢰어 계림부 자사가 되어 가는 것이 좋을까 합니다."

한림이 올히 역여 각노긔 젼후슈말을 한대 각노 탑젼의 나아가 리운션의 자쵸지죵과 개똥의 졍셩을 낫낫치 고한대 샹이 들으시고 대찬하사 리운션으로 계림부 자사를 하시고 개똥으로 계림부 도도 별장을 졔슈하샤 그 츙셩을 층찬하시니 한림이 텬은을 츅사하고 집의 도라와 치행할새 개똥은 금안쥰마의 긔치를 압셰우고

하였다.

한림이 옳게 여겨 김각노께 전후사연을 고하니 김각노가 황제께 나아가 이운선이 겪은 일의 자초지종과 개똥의 정성을 낱낱이 고하였다. 황제가 들으시고 크게 칭찬하시어 이운선에게 계림부 자사를 임명하시고, 개똥에게는 계림부 도도 별장을 제수하시어 그 충성을 칭찬하셨다. 한림이 황제의 은덕에 감사하고 집에 돌아와 행차를 준비하였다. 개똥은 금안준마의 기치를 앞세우고

36

화션 모녀난 교자를 타고 낭자난 여러 시비를 거나려 쇄금 교
자를 타고 자사난 사인교의 안져 발행하니 그 위의 찬난하더라
차시 열읍 슈령이 자사의 션문을 보고 거리거리 영접하매 긔치
난 일광을 가리오고 풍악 쇼래난 원근의 진동하니 젼후에 구경
하난 사람이 뉘 아니 층찬하리오 각셜 이째 리 상셔 부부 운션
과 개똥을 생각하고 마음을 졍치 못하여 눈물로 셰월을 보내고
가사를 살피지 아니하니 노복은 다 도망하고 할일업셔 일간쵸
옥을 졍하고 지내니 뉘라셔 상셔인 줄 알니오 일일은 쵼인이
보하되 계림자사 금능으로 션문 노코 내려온다 하거날 상셔
부부 운션을 생각하고 왈 엇던 사람은 자식을 나아 져러트시
영화를 보고 우리 갓흔 인생 무삼 죄로 자식을 생이별하고 십
년이 되도록 사생을 모르니 사라 무엇하리오 우리도 찰아리
죽음만 갓지 못하다

화선 모녀는 가마를 타고 소저는 여러 시녀들을 거느리고 금으로 장식한 가마를 탔으며 계림자사가 된 이운선도 가마에 앉아 출발하니 그 위엄이 찬란하였다.

이때 여러 고을의 수령들이 계림자사가 도착한다는 공문을 보고 거리거리에서 영접하였다. 거리마다 깃발이 햇빛을 가리고 풍악 소리는 원근에 진동하니 전후에서 구경하는 사람들 중 칭찬하지 않는 사람이 없었다.

각설. 이때 이 상서 부부가 운선과 개똥을 생각하고 마음을 정하지 못하여 눈물로 세월을 보내었다. 이 상서 부부가 가사를 살피지 않아 집안 하인들도 다 도망해 버리니 어쩔 수 없이 단칸짜리 초가에서 지내니 누가 상서인 줄 알겠는가?

하루는 마을 사람들이 소식을 전하기를 계림자사가 금릉으로 온다고 공문이 왔다 하였다. 상서 부부가 운선을 생각하고 "어떤 사람은 자식을 낳아 저렇듯이 영화를 보는데 우리 같은 인생은 무슨 죄로 자식을 생이별하고 십 년이 되도록 생사를 모르는 것입니까? 그러니 살아 무엇하겠습니까? 우리도 차라리 죽는 것만 같지 못합니다."

하더라 각셜 이째 자사 행하여 여러 날 만에 금능의 당두하엿난지라 이째 개똥이 압셔 오다가 금능 하인을 불너 왈 너의 골에 리 상셔 택이 평안하시냐 하니 대 왈 그 택이 십 년 전에 만득자를 이별하고 눈물로 셰월을 보내시더니 슈년 전에 어대로 가 계신지 아지 못하나이다 한대 개똥이 이 말을 듯고 정신하였다.

각설. 이때 자사가 길을 떠나 여러 날 만에 금릉 땅에 도착하였다. 이때 개똥이가 앞서 오다가 금릉의 하인을 불러 말하기를

"너희 마을에 이 상서 댁은 평안하시냐?"

하니 대답하기를

"그 댁이 십 년 전에 늦게 얻은 아들과 이별하고 눈물로 세월을 보내셨는데, 수년 전에 어디론가 가셔서 지금은 어디 계신지 알지 못합니다."

하였다. 개똥이 이 말을 듣고 정신이

37

이 아득하여 말을 못하고 이 사연을 자사끠 고한대 자사 듯고
대셩통곡하니 낭자 민망하여 위로 왈 자연 금능 따에셔 부모를
뵈올 거시니 심장을 너모 과려치 마옵쇼셔 자사 비회를 참고
금능의 다다러 넷일을 생각하고 화려한 마음이 업더라 이째
상셔 부부 압산에 올나 자사 행차를 구경하다가 홀연 운션을
생각하여 우난 쇼래을 쎄닷지 못하고 대셩통곡하더니 차시 개
쑝이 금안 백마로 오다가 산천을 살펴보며 탄식 왈 산천은 고
금동이나 인심은 조석변이로다 하고 지나더니 문득 풍편에 쳐
량한 곡셩 쇼래 들니거날 말을 잡고 우난 일을 알아오라 하니
하인이 쳥령하고 산으로 올나가니라

아득하여 아무런 말을 못하고 이 사연을 자사께 고하였다. 자사가 이 이야기를 듣고 대성통곡하니 소저가 안타까워하며 위로했다.

"금릉 땅에 가면 자연히 부모를 뵈올 것이니 마음에 너무 지나치게 염려하지 마옵소서."

자사가 지극한 슬픔을 참고 금릉에 다다르니 옛일을 생각하고 기쁘고 환한 마음이 없어졌다. 한편 상서 부부가 앞산에 올라 자사 행차를 구경하다가 홀연 운선을 생각이 나서 우는 소리를 깨닫지 못하고 대성통곡하였다.

이때 개똥이 금안 백마로 오다가 산천을 살펴보며 탄식하며 말했다.

"산천은 예나 지금이나 같으나 인심은 아침 저녁으로 변하는구나."

하면서 지나고 있었는데 문득 바람결에 처량한 곡성 소리가 들리는 것이었다. 개똥이 말을 멈추고 왜 울고 있는지 알아 오라고 하니 하인이 듣고 산으로 올라갔다.

차시 상셔 부부 우다가 헌화의 들닌 줄 알고 텬연이 안졋스니 뉘 알니오 한 사람이 말하되 져긔 안져 계신 이가 우든 사람이라 한대 하인이 이 말을 듯고 압헤 나아가 말하되 겁내지 말고 우난 곡졀을 가라쳐 쥬옵쇼셔 하니 샹셔 부부 자식 일코 우난 젼후 슈말을 져져히 하니 하인이 들어가 그대로 고한대 개똥이 이 말을 듯고 말게 내려 하인을 다리고 산으로 올나가 보니 과연 상셔 부부라 개똥이 나아가 울며 졀하고 엿자오대 쇼인 불츙노 개똥이로쇼이다 한대 상셔 부부 그 이때 상서 부부가 울다가 울음소리가 훤화 속에 들린 줄 알고 울음을 멈추고 태연히 앉아 있었다. 한 사람이 말하기를

"저기 앉아 계신 분들이 울던 사람이라."

하니 하인이 이 말을 듣고 상서 부부 앞에 나아가 말하였다.

"겁내지 말고 우는 곡절을 가르쳐 주옵소서."

하니 상서 부부가 자식 잃고 울게 된 전후 사연을 낱낱이 모두 이야기하니 하인이 들어가 그대로 고하였다. 개똥이 이 말을 듣고 말에서 내려 하인을 데리고 산으로 올라가 보니 과연 상서 부부였다. 개똥이 나아가 울며 절하고 여쭈기를

"제가 불충한 하인 개똥입니다."

하니 상서 부부가 그

연고를 아지 못하여 엇더한 사람인지 모로거니와 엇지 이다지 죠롱하난다 개똥이 재배하고 통곡 왈 쇼인은 십년 전에 오 셰 되온 공자를 뫼시고 나간 개똥이로쇼이다 상셔 부부 자셰 보니 팔과 다리가 절지 아니하며 두 눈이 분명하고 금옥탕창56)의 분명한 관원이라 의혹하여 왈 내 츙노 개똥이난 반신불슈오 한 눈이 멀어나니 엇지 망녕된 말을 하나뇨 하신대 개똥이 엿 자오대 공자를 뫼시고 나가던 말삼과 년월 일시를 고하며 쥬류 사방하다가 글 공부 식힌 일과 과거의 가셔 맹 션생의게 졈하고 살아나 장원급뎨로 한림학사하옵고 김 쇼져의게 취쳐한 사연과 황뎨끠 쥬달하여 계림부 자사한 사연과 소인은 계림부 도도 별장으로 나려온 젼후 슈말을 낫낫치 고한대

이유를 알지 못하여

"네가 어떤 사람인지 모르겠으나 어찌 이렇게 놀리느냐?"

하니 개똥이 재배하고 통곡하기를

"저는 십 년 전에 상서 댁에서 다섯 살 된 공자를 모시고 나 갔던 개똥이옵니다."

하였다.

상서 부부가 자세히 보니 팔도 펴지고 다리를 절지 아니하며 두 눈이 보이고 높은 벼슬아치의 복장을 한 분명한 관원이었다. 그래서 상서가 의혹이 일어

"나의 충성스러운 하인 개똥이는 반신불수에다 한쪽 눈이 멀었는데 어찌 망령된 말을 하는 것이냐?"

하였다. 개똥이 여쭈되 운선 도련님을 모시고 나가던 말씀과 몇 년 몇 월 며칠에 온 사방을 두루 다니며 글 공부 시킨 일과 과거 보러 가서 맹 선생에게 점을 친 다음 살아나 장원 급제하고 한림학사를 제수받고 김 소저에게 장가든 사연과 황제께 아뢰어 계림부 자사된 사연과 자신은 계림부 도도 별장이 되어 내려온 전후 사연을 낱낱이 고하였다.

샹셔 그제야 개똥인 줄 알고 전후 고생함을 불상이 역여 갈오
대 네 완인됨이 긔특하도다 하고 노쥬 셔로 붓들고 통곡하니
관광제인이 다 개똥의 츙셩을 탄복하더라 이째 자사 교자를
모라 오더니 하인다려 문 왈 별장은 어대로 갓난뇨 하인이 대
왈 여차여차 하온 일이 잇셔 산으로 나아가더이다 한대 자사
이 말을 듯고 사인교에 내려 버션발로 산의 올나가니 샹셔 부
부 거긔 계시거날 붓들고 재배 통곡

상서가 그제야 개똥인 줄 알고 이때까지 고생한 것을 불쌍히 여겨 말하였다.

"네가 이렇게 완전히 나으니 참 기특하구나."

하고 주인과 하인이 서로 붙들고 통곡하니 주변에서 보던 사람들이 다 개똥의 충성에 탄복하였다.

이때 자사가 가마를 타고 오다가 하인에게 묻기를

"별장은 어디로 갔느냐?"

하니 하인이 대답하기를 이러이러한 일이 있어 산으로 갔다고 하니 자사가 이 말을 듣고 가마에서 내려 버선발로 산에 올라갔다. 자사가 가니 상서 부부가 거기 계시거늘 붙들고 절하며 통곡하며

39

왈 불효자 운션이로쇼이다 한대 샹셔 부부 운션을 붓들고 밋친
듯 취한 듯 방셩통곡하니 보난 사람드리 뉘 아니 비창하리오
이째 쇼져와 화션이 시비를 다리고 운빈화안57)에 녹의홍샹58)
을 갓쵸고 산의 올나가니 오색도화 만발한 듯 쇼져와 화션이
샹셔 양위 젼에 재배하니 구경하난 사람이 닷토와 보며 왈 이
난 만고의 듬은 일이라 하며 분분이 치하하더라 자사 부모를
뫼시고 가솔을 거나려 집으로 내려와 그 잇흔날 션산의 쇼분하
고 계림부의 도임한 후 락봉연을 배셜하니 인근 읍 슈령들이
이 쇼문을 듯고 금은채단을 만이 가져와 봉숑하며 그 부모와
노쥬 상봉함을 치하하더니 삼일을 대연하고 황뎨끠 장계하며
각노의게 글월을 올니이라 차셜 황뎨 각노를 인견하샤 국사를
의논하시더니 문득 보하대 계림부 자사의 장계 왓다 하거날
바다 보시니

"제가 불효자 운선입니다."

하니 상서 부부가 운선을 붙들고 미친 듯 취한 듯 방성통곡하였다. 이를 보는 사람들이 슬퍼하지 않는 사람이 없었다.

이때 소저와 화선이 시녀를 데리고 아름다운 얼굴에 녹의홍상을 갖추어 입고 산에 올라가니 오색도화가 만발한 듯 소저와 화선이 상서 부부 앞에서 절하였다. 이것을 구경하는 사람이 다투어 보며 말하기를

"이는 만고에 드문 일이구나!"

하며 떠들썩하게 칭찬하였다.

자사가 부모를 모시고 가족들을 거느리고 집으로 내려왔다. 그리고 이튿날 자사가 선산에 제사를 지내고 계림부에 도임한 후 잔치를 배설하였다. 그 소문을 인근 수령들이 듣고 금은채단을 많이 가져와 선물하며 부모와 자사, 그리고 하인이 집에 돌아와 상봉한 것을 축하하였다. 삼일 간이나 큰 잔치를 벌이고 황제께 장계하며 김각노에게도 글을 올리었다.

차설. 황제가 김각노를 부르시어 국사를 의논하셨는데 문득 고하기를 계림부 자사가 보낸 장계가 왔다고 하여 받아 보시었다.

하엿스되 계림부 자사 리운션은 돈슈백배[59]하옵고 장계를 폐하 탑전의 올니나이다 신이 본대 금능 짜 천신으로 팔자 긔구하와 오 셰에 부모를 이별하고 유리 사방하옵다가 텬행으로 룡문에 올나 영귀 극하와 황은이 태산 갓흔 중 고향의 도라와 부모를 만나고 션영을 봉안하오니 신의 마음은 지금 그 장계에는 이렇게 쓰여 있었다.

　계림부 자사 이운선은 돈수백배하옵고 장계를 폐하 앞
에 올립니다.
　신은 본래 금릉 땅 사람이오나 팔자가 기구하여 다섯
살에 부모와 이별하고 서로 떨어져 사방으로 다녔습니다.
천행으로 출세하여 높은 벼슬에 올라 지극히 영귀하게 되
었으니 황제의 은혜가 태산 같습니다. 그런 중에 고향에
돌아와 부모를 만나고 조상님을 받들어 모시니 신의 마음
은 지금

40

죽어도 무한이오나 국가에 촌공이 업사오니 무엇스로 국은의
만분지일이라도 갑사오릿가 하엿더라 황뎨 남필하시고 리진희
로 우승상을 졔슈하시며 사관을 보내여 그 효셩을 빗내시니라
차시 각노 집의 도라와 자사의 글월을 보고 질거함을 비할 대
업더라 차시 사관이 교지를 가지고 계림부의 일으니 샹셔 부자
향안을 배셜하고 사관을 마자 후대한 후에 상셔 부부 사관을
짜라 황셩으로 향할새 자사 부부 멀니 나와 배별하고 원노의
무사 득달하심을 축슈하더라 승샹이 여러 날 만의 황셩의 득달
하여 입궐 사은하온대 샹이 갈오샤대 경의 아달에 효셩을 사랑
함이니 진심보국하라

죽어도 여한이 없사옵니다. 그러나 국가에 보잘것없는 작은 공로 하나도 없사오니 제가 무엇으로 나라의 은혜를 만분의 일이라도 갚겠사옵니까.

이 장계를 황제가 끝까지 다 읽고 나서 이진희에게 우승상을 제수하시며 사관을 보내어 그 효성을 빛나게 하셨다.

이때 김각노가 집에 돌아와 자사의 글을 보니 즐거운 마음을 비할 데가 없었다.

한편 사관이 교지를 가지고 계림부에 이르니 이 상서 부자가 음식을 차려 놓고 사관을 맞이하여 후대한 후에 상서 부부가 사관을 따라 황성으로 향하였다. 자사 부부는 이 상서 부부를 멀리까지 나와 전송하고 먼 길을 무사히 가시도록 기도하였다. 이 승상이 여러 날 만에 황성에 도착하여 입궐하고 황제께 감사 인사를 올렸다. 황제가 말씀하시기를

"그대 아들의 효성을 아껴서 그리한 것이니 진심으로 나라에 충성하라."

하신대 승상이 고두사은하고 각노의 집으로 도라와 만만 치사하고 장차 집을 정코져 하더니 샹이 드르시고 슈백 간 와가와 슈십 명 노복을 사송하샤 그 영춍을 빗내시더라 각셜 이때 자사 치민하매 인의로 다사리니 산무도젹하고 도불습유하더니 이때 슌무어사 각읍 슈령의 민졍션불션을 살필새 계림부 자사 리운션의 치민이 천하에 뎨일이라 이 연유를 황샹끠 슈달하온대 텬자 더욱 긔특이 역이샤 내직으로 승직코자 하시더니 맛참 형쥬셩의 극난한 옥사 잇셔 여러 해 되도

하시니 이 승상이 머리를 숙여 감사 인사를 올리고 김각노의 집으로 돌아와 만만 감사하였다. 그리고 앞으로 살 집을 정하려고 하였는데 이를 황제가 들으시고 수백 간 기와집과 수십 명의 하인을 하사하시어 황제의 그 특별한 사랑을 나타내시었다.

각설. 이때 자사 이운선이 백성을 인의로 다스리니 산에는 도적이 없고 길에 물건이 떨어져 있어도 주워가지 않을 정도로 살기 좋았다. 이때 순무어사가 각읍 수령들이 백성들을 잘 다스리는지 그렇지 않은지를 살피고 있었는데 계림부 자사 이운선이 백성을 다스리는 것이 천하의 제일이었다. 이 말씀을 황제께 아뢰니 황제가 더욱 기특하게 여기시어 이운선을 중앙부서의 직책으로 승진시키고자 하시었다. 이때 마침 형주성에 몹시 풀기 어려운 범죄 사건이 있어 여러 해가 되도록

록 쳐결치 못하매 샹이 민망이 역이샤 리운션으로 형쥬 자사를 제슈하시니라 이 옥사난 다름 아니라 그 고을의 효자 잇스되 셩은 김이오 일홈은 공필이라 천셩이 온화하고 효셩이 지극하여 모친을 효로 셤기고 그 안해 로씨로 더브러 봉친하더니 일일은 그 모친이 우연 득병하야 백약이 무효하매 부부 쥬야 병셕을 쩌나지 아니하고 하날끠 츅슈하나 텬명을 엇지하리오 인하여 별셰하니 부부 실셩통곡[60]하며 례를 갓초와 션산의 안장하고 묘하의 초옥을 짓고 쥬야 통곡으로 셰월을 보내니 그 안해 로씨 집을 직히고 시묘[61] 제물과 죠셕을 지셩으로 공궤하난지라 로씨의 천셩이 졍렬하고 쏘한 용모 천하의 졀색이라 보난 사람이 뉘 아니 칭찬하 리 업더라 슬푸다 시운이 불행하여 그 동내에 강포한 놈이 잇스되 셩명은 백계삼[62]이라 본대 호쥬 탐색하더니 매양 로씨의 자색을 보고 흠모하나 그 졍절을 감히 범치 못하더니 처분을 내리지 못하고 있었다. 황제가 이를 안타깝게 여기시어 이운선에게 형주 자사를 제수하였다.

이 범죄 사건은 이러했다. 그 고을에 어떤 효자가 있었는데 성은 김이고 이름은 공필이었다. 김공필은 천성이 온화하고 효성이 지극하여 모친을 효로 섬기고 그 아내 노씨와 함께 봉양하였다. 그런데 어느 날 그 모친이 우연히 병이 들어 백약이 무효하니 부부가 주야로 병석을 떠나지 않고 하늘에 축원하였다.

그러나 천명을 어찌하겠는가? 병으로 인하여 모친이 별세하니 부부가 실성통곡하며 예의를 갖추어 선산에 안장하였다. 김공필은 산소에 초가를 짓고 주야 통곡으로 세월을 보내니 그 아내 노씨는 집을 지키고 시묘(侍墓) 제물과 조석을 지성으로 바쳤다. 노씨의 천성이 지조가 곧고 굳으며 용모 또한 천하의 절색이라 보는 사람은 누구든 칭찬하지 않는 이가 없었다.

슬프다! 시운이 불행하여 그 동네에 강포한 놈이 있었는데 성명은 백기삼이었다. 백기삼이 본래 술을 좋아하고 여색을 탐하여 매양 노씨의 자색을 보고 흠모하였으나 그 정절을 감히 범치 못하고 있었다.

일일은 한 계교를 생각하고 공필의 음성을 본바다 상제 모양으로 제복을 맨드러 입고 밤이 깁흔 후에 로씨의 집으로 가니 로씨 시문을 굿게 닷첫난지라 쇼래를 나직히 하여 문을 열나 하니 로씨 잠을 깁히 들엇다가 가군의 음성을 듯고 의심 업시 문

일일은 백기삼이 한 계교를 생각하고 김공필의 음성을 모방하여 상 중에 있는 사람인 것처럼 제복(祭服)을 만들어 입고 밤이 깊은 후에 노씨 집으로 갔다. 그런데 노씨 집 사립문이 굳게 닫혀 있으니 소리를 나직이 하여 문을 열라고 하였다. 노씨가 잠에 깊이 들었다가 남편의 음성을 듣고 의심 없이 문을

42

을 열어쥬니 들어와 말하되 묘하의 잇슨 지 젹년이라 홀연 그
대 생각이 간절하여 모야[63] 간에 왓노라 하고 로씨의 옥슈를
쥬여 봉죠하니 로씨 엇지 알니오 정절한 로씨를 잠통하고 제
집으로 도라와 다시 볼 마음을 두고 제복을 깁히 감초니라 차
시 공필이 삼 년을 지성으로 지내고 도라오니 이째 로씨 공필
이 단여 간 줄 알고 남이 혹 알가 의심하더니 그달브터 태긔
잇셔 십삭이 되매 생남하니 마음이 비록 질거오나 상제 모양으
로 나왓스니 엇지 마음이 편하리오 이러구려 슈삭이 되엿난지
라 공필이 아해를 보고 대경하여 왈 져 아희난 엇더한 아희뇨
한대 로씨 대경 답 왈 모년 모월 모일 모야에 단여가신 후로
잉태하여 나은 자식이로쇼이다

열어주니 들어와 말하기를

"산소에 있은 지 여러 해인지라 갑자기 그대 생각이 간절하여 이 늦은 밤에 왔노라."

하고 노씨의 손을 잡고 잠자리에 드니 노씨가 어찌 알겠는가?

백기삼이 절개 있는 노씨를 속여 몰래 간통하고 자기 집으로 돌아와서는 노씨를 다시 볼 마음으로 제복을 깊이 감추어 두었다.

이때 김공필이 삼년상을 지성으로 지내고 돌아왔다.

한편 노씨는 공필이 다녀간 줄 알고 남이 혹시 알까 의심하였는데 그달부터 태기가 있어 열 달이 되어 아들을 낳았다. 노씨의 마음이 비록 즐거우나 상중에 아이를 낳았니 어찌 마음이 편하겠는가? 이럭저럭 시간이 흘러 몇 달이 지났다.

그런데 김공필이 아이를 보고 깜짝 놀라 말하기를

"저 아이는 어떤 아이입니까?"

하니 노씨 또한 크게 놀라

"이 아이는 모년 모월 모일 밤에 다녀가신 후로 잉태하여 낳은 자식입니다."

한대 공필이 답 왈 내 삼년 시묘의 일정 사심이 업셔 집에난 온 배 업도다 이난 곳 강포한 놈의게 속움이로다 우리 부부간 알아스니 무삼 관계함이 잇스리오 로씨 그제야 강포한 놈의게 속은 줄 알고 정신이 아득하여 말을 못하다가 칼로 목을 질너 죽으니 공필이 시체를 안고 통곡하다가 쳐가의 통부를 젼하니 로씨 오라비 삼형데 통부를 보고 왈 내 작일의 매뎨를 보매 병든 일이 업더니 오날 졸지에 통부가 오니 무삼 연고 잇

하니 공필이 답하기를

"나는 삼 년 시묘하는 동안 전혀 사심이 없어 집에 온 적이 없습니다. 이것은 바로 강포한 놈에게 속은 것이 분명합니다. 우리 부부가 이를 알았으니 무슨 관계가 있겠습니까?"

하니 노씨가 그제야 강포한 놈에게 속은 줄 알고 정신이 아득하여 말을 못하다가 칼로 목을 찔러 스스로 죽었다. 공필이 시체를 안고 통곡하다가 처가에 부고를 전하니 노씨 오라비 삼 형제가 그 부고를 보고 말하기를

"우리가 지난번에 누이동생을 보았을 때에는 병이 들지 않았었는데 오늘 졸지에 부고가 오니 무슨 이유가 있을 것이다."

43

도다 하고 삼 형뎨 나려가 보니 목을 칼로 질으고 죽엇난지라
그 죽은 곡절을 뭇지 아니하고 본관의 들어가 고관하니 관채
나와 공필을 잡아다가 엄형 즁벌하니 백희 무죄한 거시야 엇지
하리오 울며 애매하다 하니 그 옥사를 뉘라셔 결단하리오 이럼
으로 자사마다 나려와도 결옥을 못하고 파직도 하며 혹 죽기도
하여 장근 십 년의 장찻 폐읍이 되엿난지라 텬자 택인하샤 리
운션으로 형쥬자사을 하이시니라 차시 운션의 도임하고 관속
을 졈고한 후에 옥슈를 엄형 사문하니 그 죄인이 슬피 울며
애매하여이다 발명하거날 자사 불상한 마음이 자연 대발하여
칼을 벗기고 하옥한 후에 동헌(64)을 졍쇄하고 향촉을 갓초와
배셜하고 의관을 졍졔이 하고 안져더니

하고 삼 형제가 내려가 보니 누이동생이 목을 칼로 찌르고 죽은 것이었다. 그 죽은 곡절을 묻지 않고 관아에 들어가 고하니 관아에서 나와 공필을 잡아다가 엄한 형으로 중벌을 내리니 공필은 백 번 무죄하니 어찌하겠는가?

공필이 울면서 억울하다고 하니 그 사건을 누가 밝혀 판단하겠는가? 그러므로 자사마다 내려와도 판결을 못하고 있었다. 그러다 자사가 파직되기도 하며 혹 죽기도 하여 거의 십 년이 지나 폐읍이 되기에 이르렀다. 그래서 천자가 사람을 골라 이운선에게 형주자사를 내리신 것이었다.

이때 운선이 형주에 도임하고 관속을 이름을 불러 확인한 후에 옥에 갇힌 죄수를 엄하게 조사하며 캐물었다. 그 죄인이 슬피 울며

"억울합니다."

하며 자신에게 죄가 없다고 주장하니 자사가 불쌍한 마음이 저절로 크게 일어나 공필의 목에 씌운 칼을 벗기고 하옥하였다. 그리고 동헌을 깨끗이 정리하고 향촉을 갖추어 배설하고 자사가 의관을 정제하고 앉아 있었다.

밤이 깁허 인적이 고요하매 음풍이 이러나며 한 녀인이 목에 칼을 꼿고 유혈이 낭자하야 힌 긔에 셕 삼 짜를 써 들고 완연이 들어와 외면하고 셧거날 자사 이러나 다시 좌졍하고 문 왈 유명이 다르고 남녀 유별하거날 무삼 원통한 일이 잇관대 져러한 형상으로 와 셜원코자 하난다 그 녀인이 답 왈 나난 구슈 죄인 김공필의 쳐 로씨옵더니 가장이 애매이 구슈퇴엿기로 구코져 하여 그 곡졀을 고하러 왓나이다 그 젼 자사 밤이 깊어 인적이 고요한데 음산하고 싸늘한 바람이 일어나며 한 여인이 목에 칼을 꽂고 유혈이 낭자한데 하얀색 깃발에 석 삼(三) 자를 써 들고 뚜렷이 들어와 외면하고 섰다. 자사가 일어나 다시 자리를 잡고 앉아 묻기를

"저승과 이승이 다르고 남녀가 유별한데 무슨 원통한 일이 있어서 그러한 모습으로 와서 원한을 풀고자 하는가?"

하니 그 여인이 답하기를

"나는 옥에 갇혀 있는 죄인 김공필의 처 노씨입니다. 남편이 억울하게 옥에 갇혀 있기에 구하고자 그 곡절을 고하러 왔습니다. 예전의 자사들은

불명하와 혹 죽기도 하며 혹 파직도 하옵더니 이제 명백한 관원을 만나매 철천지원65)을 셜원하나이다 대져 부부난 사람의 중한 근본이라 가장이 엇지 그 안해를 죽엿사오리오 하물며 쇼녀의 가장은 효자라 그 정성을 원근에셔도 사모하옵거날 엇지 불의를 행하리오 쇼녀의 분하고 졀통한 일을 말하고져 하나 입이 드러워 말삼을 다 못하오니 명졍지하에 옥셕을 분간하여 쥬옵소셔 하고 울며 나아가거날 자사 아모리 할 줄 몰으더니 잇튼날 밤에 쏘 현몽하되 전일과 다름이 업난지라 자사 황연대각66)하고 그 녀자 힌 긔에 석 삼짜를 써 들어스니 이난 분명한 백긔삼이라 필유곡절한 일이라 하고 평명에 하인을 불너 문왈 이 근쳐의 백긔삼이라 하난 사람이 잇난냐 한대 하인이 고왈

사리에 어두워 혹 죽기도 하며 혹 파직도 되었는데 이제야 똑똑하신 관원을 만나 철천지원(徹天之寃)을 풀고자 합니다. 대저 부부는 사람에게 중요한 근본인데, 남편이 어찌 그 아내를 죽였겠습니까? 하물며 저의 남편은 효자인지라, 그 정성을 멀고 가까운 곳 할 것 없이 사람들 모두 사모하옵는데 어찌 불의를 행하겠습니까? 저의 분하고 절통한 일을 말하고자 하나 입이 더러워 말씀을 다 드리지 못하오니 올바른 판단으로 밝히시어 옥석을 분간하여 주옵소서."

하고 울며 나아가니 자사가 어떻게 해야 할 줄 모르고 있었는데 이튿날 밤에 또 현몽(現夢)하는데 전일과 다름이 없었다. 자사가 모든 것을 환하게 깨닫게 되어

"그 여자가 하얀색 깃발에 석 삼(三) 자를 써서 들고 있었으니 이는 분명히 '백기삼'을 말하는 것이다. 반드시 무슨 곡절이 있는 일이다."

하고 날이 밝자 하인을 불러 묻기를

"이 근처에 백기삼이라 하는 사람이 있느냐?"

하니 하인이 고하기를

죄슈 김공필의 집 근쳐에 잇삽나이다 자사 즉시 셔간을 써 쥬
며 왈 이 셔간을 가지고 백긔삼을 차자가 쥬고 다려오라 하니
하인이 쳥령하고 백긔삼을 차자가니라 차셜 긔삼이 작죄하여
로씨를 죽엿스나 이 일은 텬디 귀신이나 알고 사람은 모르리라
하나 항상 마음이 죠민하더니 여러 해 되매 근심 업시 잇더라
이째 일일은 관쇽이 와 편지를 드리거날 쩌여 보니 하엿스되
그대 션셩을 듯고 보기

"죄수 김공필의 집 근처에 있사옵니다."

하니 자사가 즉시 서간을 써 주며

"이 서간을 가지고 백기삼을 찾아가 주고 데려오라."

하였다. 하인이 명령을 듣고 백기삼을 찾아갔다.

차설. 백기삼이 죄를 지어 노씨를 죽였으나 이 일은 천지 귀신이나 알고 사람은 모르리라 하였다. 그러나 항상 마음이 조급하여 괴로워하였는데, 여러 해가 지나니 근심 없어졌다.

일일은 관아에서 하인이 와서 편지를 주었다. 떼어 보니 그 글은 이러했다.

그대의 명성을 듣고 보기를

를 원하나 피차 멀니 잇셔 생각만 간절하더니 만행으로 이곳에 왓스나 관사 공총하여 통신치 못하고 긔별하니 내림하기를 천만 바라노라 하엿거날 긔삼이 견필의 즉시 들어가 남명⁶⁷⁾한대 자사 삼문을 열고 들나 하거날 긔삼이 도복을 입고 언연이 들어와 뵈이거날 자사 례필 좌정 후에 쥬찬을 나와 권하며 종일 담화하다가 날이 져물매 제 집으로 나가자고 낮이 면청하여 진슈성찬으로 대접하며 풍악으로 소일하난지라 이러무러 일삭이 지나매 일일은 자사 한 계교를 생각하고 내아의 들어가 약속하고 나와 긔삼으로 더브러 종일 담소하더니 셕양이 되매 긔삼이 나가랴 하거날 자사 말녀 왈 실내 태즁의 병이 들어 지금 위즁하여 심신이 자연 불평하니 차일은 나가지 말고 밤을 한가지로 지내자

원하였으나 서로 멀리 떨어져 있어 생각만 간절하다.

　천만다행으로 이곳에 왔으나 관아의 일이 많아 바빠서 연락을 못하고 있다가 이제야 기별하니 여기로 찾아와 주기를 간절히 바라노라.

기삼이 다 읽은 후에 즉시 찾아가서 자신이 왔음을 고하였다.

자사가 문을 열고 들어오라고 하니 기삼이 도포를 입고 거만스럽게 들어와 인사를 하였다. 자사가 인사를 마치고 자리에 앉은 후에 술과 안주를 내어와 권하며 하루 종일 담화하였다. 그러다가 날이 저무니 자기 집으로 나가자고 낮에 마주한 자리에서 청하여 진수성찬으로 대접하며 풍악으로도 소일하였다.

이럭저럭 한 달이 지나니 일일은 자사가 한 계교를 생각하고 관아에 들어가 약속하고 나와 기삼과 더불어 종일 담소하였다. 석양이 되니 기삼이 나가려 하였다. 자사가 기삼을 말리기를

"내 아내가 아이를 가진 중 병이 들어 지금 위중하니 심신이 자연 불편하네. 그러니 오늘은 나가지 말고 밤을 함께 지내자."

하거날 긔삼이 마지 못하여 잇스나 제 엇지 알니오 이윽고 하인을 물니고 쥬효를 내여 권하며 담소하더니 사경 소래 나며 시비 나와 자사를 청하거날 자사 이러셔며 왈 내 잠간 단여 나올 거시니 혼자 안져스라 하고 들어가더니 오래 잇다가 나와 긔삼다려 왈 실내 태중에 병이 들어 달포 신고하다가 금야사태 하고 후산을 못하여 병셰 가장 위태하니 의원의게 물은즉 달은 약은 다 효험이

하였다. 기삼이 마지 못하여 있으나 제 어찌 자사의 속내를 알겠는가.

이윽고 하인을 물리고 술과 안주를 내어 권하며 담소하고 있었는데 새벽 한 시가 되었다는 소리가 나며 시종이 나와 자사를 불렀다. 자사가 일어서며 말하기를

"내 잠깐 다녀올 것이니 혼자 앉아 있으라."

하고 들어가더니 오래 있다가 나와서는 기삼에게

"아내가 아기를 갖고 병이 들어 한 달 넘게 고생하다가 오늘 밤에 결국 뱃속에서 아이가 죽었는데 제대로 나오지 않아 병세가 매우 위태하게 되었네. 의원에게 물어보니 다른 약은 다 효험이

46

업고 한 가지 약이 잇스되 가장 어렵다 하니 긔삼이 물은대
자사 왈 다름 아니라 곡성 소래 듯지 아니한 제복이 약이라
하니 어대 잇스리오 그대난 명일 집에 나아가 널니 광구하여
쥬면 타일 즁상하리라 하니 긔삼이 답 왈 아모죠록 구하여 오
리이다 하고 잇흔날 제 집의 나아가니라 자사 긔삼을 보내고
교졸과 장교를 불너 왈 너희들은 긔삼의 뒤를 짜라가 교졸은
은신하고 장교난 여허 보다가 긔삼이 제복을 내여 만지거던
교졸에게 통긔하여 결박하여 잡아오라 한대 교졸이 청령하고
긔삼을 짜라 가니라 이째 긔삼이 로씨를 쇽여 잠통하고 제복을
심심장지 하엿스매 곡성 아니 들은 제복이라 자사의 꾀에 짜져
죽을 줄 모르고 친하기로

없고 단 한 가지 약밖에 없는데 구하기가 제일 어려운 것이네."

하니 기삼이 무엇인지 물었다. 자사가 말하기를

"다름이 아니라 곡성 소리를 듣지 않은 제복이 약이라 하니 어디에 그런 것이 있겠는가? 그대가 내일 집에 가서 널리 알려 구하여 주면 다음에 크게 상을 주겠다."

하니 기삼이 답하기를

"아무쪼록 구하여 오겠습니다."

하고 이튿날 자기 집으로 돌아갔다.

자사가 기삼을 보내고 나서 군졸들과 장교를 불러서

"너희들은 기삼의 뒤를 따라가 군졸들은 숨어 있고 장교 이렇게 보다가 기삼이 제복을 내어 만지거든 군졸들에게 알리어 결박하여 잡아오라."

하니 군졸들과 장교가 명령대로 기삼을 따라갔다.

이때 기삼이 노씨를 속여 몰래 간통하고 제복을 깊숙이 감추어 두었으니, 그 제복이 곡성을 듣지 않은 제복이었다. 기삼은 자사의 꾀에 빠져 죽을 줄을 모르고 자사와 친하다고 생각하며

집에 도라와 제복을 내여노코 장찻 귀를 버히랴 하더니 교졸이
들어와 홍사로 결박하난지라 긔삼이 그 연고를 아지 못하고
아모리 호령한들 엇지 사정이 잇스리오 족불이디(68)하여 잡아
드리거날 연무대의 좌긔하고 긔삼을 잡아드려 대질 왈 네 들어
라 네 지은 죄를 네가 알거던 바로 알외라 하난 소래 벽역 갓흐
니 긔삼이 혼백이 비월하여 불하일장(69)에 전후 죄상을 개개
승복하니 긔삼을 잡어내여 삼노 가상에 노코 죄상을 낫낫치
이르며 능지쳐

집에 돌아와 제복을 내어놓고 장차 귀를 베려고 하였다. 이때 군졸이 들어와 홍사(紅絲)로 결박하였다.

기삼이 그 연고를 알지 못하여 소리를 지르나 아무리 호령한들 사정을 봐 줄 리가 없었다. 단단히 붙들어 잡아들이니 자사가 연무대에 자리잡고 앉아 기삼을 잡아들여 크게 꾸짖기를

"너 들어라! 네가 지은 죄를 네가 알거든 바로 아뢰어라!"

하였다. 그 소리가 벽력 같으니 기삼의 혼백이 아뜩하여 매를 한 대 치기도 전에 전후 죄상을 하나하나 다 고백하였다. 자사가 기삼을 잡아내어 노끈으로 묶어 놓고 죄상을 낱낱이 이르며 능지처참하고

참하니라 김공필은 자외[70] 방숑하니 공필이 십 년 구수 되엿다가 무죄 방면하여 춤추며 축수 왈 일월 갓흐신 명관을 만나 원혼을 신원하고 옥셕을 분별하시니 태산 갓흔 은혜와 하해갓흔 덕택을 무엇스로 만분지일이나 갑푸리오 하며 무수이 치사하니 구경하난 사람이 다 상쾌히 역이며 자사의 명감을 층송하더라 자사 김공의 필의 효셩과 로씨의 절행이며 긔삼의 죄상을 발킨 연유를 계달하니라 차시 텬자 자사 장계를 보시고 리운선의 명백함을 칭찬하시며 김공필 부부의 효렬을 긔특이 역이샤 긔록하여 효자 렬녀 정문[71]을 짓고 매삭에 백미 열 섬과 찬가 수십 냥식 전셰 즁으로 제하야 쥬라 하시니 자사 즉시 공필을 불너 치사하고 정문 지어 그 효렬을 표정하고 전교대로 복호를 쥬니 공필이 자사의 덕과 텬은을 감츅하여 백배사례하고 집의 도라와 홀노 잇지 못하야 숑씨을 재취하니

김공필은 감옥에서 풀어주었다. 공필이 십 년이나 구속되었다가 무죄로 방면되니 춤을 추며 축원하기를

"일월 같으신 명관을 만나 원혼을 신원하고 옥석을 분별하게 하시니 태산 같은 은혜와 하해 같은 덕택을 무엇으로 만분지일이나 갚을 수 있겠습니까?"

하며 무수히 감사하니 구경하는 사람들이 다 통쾌하게 여기며 자사의 뛰어난 식견을 칭송하였다.

자사가 김공필의 효성과 노씨의 절행, 기삼의 죄상을 밝히게 된 연유를 임금님께 아뢰었다.

이때 천자가 자사의 장계를 보시고 이운선의 명백함을 칭찬하시며 김공필 부부의 효열(孝烈)을 기특하게 여기셨다. 그래서 이를 기록하여 효자 열녀를 기리는 정문(旌門)을 짓고 매월 백미 열 섬과 반찬값 수십 양씩을 조세에서 제하여 주라 하셨다.

자사가 즉시 공필을 불러 칭찬하고 정문을 지어 그 효와 열을 표창하고 황제의 명령대로 쌀과 돈을 주니 공필이 자사의 덕과 천자의 은혜에 감축하여 백배사례하였다. 그리고 공필이 집에 돌아와 홀로 지내지 못하여 송씨와 재혼하니

지긔상합72)하야 동거 십 년에 삼남 일녀를 나아 부귀영화를 보며 자사의 쳥덕을 축수하더라 각셜 자사 쳥룡사 졔승의 은혜를 생각하고 하인더러 쳥룡사 원근을 뭇고 금은 채단을 만이 싯고 쳥룡사로 향할새 차시 졔승이 자사의 선문을 보고 일변 반기며 희한이 역여 별당을 소쇄하고 동서로 뜻이 잘 맞아 동거한 지 십 년에 삼남 일 녀를 낳아 부귀영화를 보며 자사의 청렴하고 고결한 덕을 축수하였다.

각설. 자사가 청룡사의 여러 승려들이 베푼 은혜를 생각하고 하인에게 청룡사의 원근을 묻고 금은 채단을 많이 싣고 청룡사로 향하였다. 이때 여러 승려들이 자사가 온다는 공문을 보고 한편으로 반기며 한편으로는 희한하게 여겨 별당을 깨끗이 치우고

48

구 밧게 나와 등대73)하니 자사 여러 날 만에 쳥룡사의 다다라 죽장마혜74)로 완보하여 점점 들어가니 긔치난 일광을 희롱하고 풍악 소래난 산천을 진동하난지라 자사 옛일을 생각하고 도로혀 비창하다가 노소 제승이 차례로 나와 합장 재배 왈 소승 등이 행차를 멀니 맛지 못하오니 죄송하더이다 하고 별당의 사쳐를 정한 후 차과를 내여 권하며 셕사를 셜회하더라 자사 불전의 재배하고 제승의게 사례 왈 내 몸이 년 전에 유리하다가 이 절에 와 모든 존사의 덕을 업어 잔명을 보젼하엿다가 쳔행으로 셩은을 입어 몸이 영귀하엿스나 촌공을 갑지 못하엿기로 약간 거슬 졍으로 표하노라 하며 금은채단을 각각 상사하고 쳥룡사를 즁수하며 수만금을 드려 불량답을 만이 사셔 츈츄로 불공하게 하니 제승이 감사하여 자사의 수요와 부귀공명을 째째로 축원하더라 동구 밖에 나와 기다렸다. 자사가 여러 날 만에 청룡사에 다다라 죽장망혜로 천천히 걸어 점점 들어가니 깃발은 햇빛에 드날리고 풍악 소리는 산천을 진동하였다. 자사가 옛 일을 생각하고 도리어 비창하다가 늙고 젊은 여러 승려들이 차례로 나와 합장 재배하며

"소승 등이 행차를 멀리 나와 맞이하지 못해 죄송합니다."

하고 별당에 자사의 거처를 정한 후 차와 다과를 내어 권하며 지난 일들을 이야기하였다.

자사가 불전에 재배하고 여러 승려에게 사례하며

"이 내 몸이 몇 년 전에 떠돌아다니다가 이 절에 와서 모든 스님들의 덕을 입어 잔명을 보전하였습니다. 천행으로 성은을 입어 몸이 영귀하여졌으나 그 공로를 조금도 갚지 못하였기에 여기 얼마 되지 않는 것으로 정을 표합니다."

하며 금은 채단을 각각 포상하였다. 그리고 청룡사를 중수하며 수만금을 들여 절에 딸린 논밭을 많이 사서 봄가을로 불공하게 하니 모든 승려들이 감사하여 자사의 장수와 부귀공명을 때때로 축원하였다.

자사 제승을 이별하고 길을 써나 칠 년 동거하던 션생과 동접을 차자 삼일 대연하고 금은채단을 만이 주어 옛졍을 표하고 본부로 도라오니 셩즁 백셩드리 질거하난 소래 쳔리의 진동하더라 차셜 황뎨 리운션의 치민을 긔특이 역이시드니 김공필의 옥사 결송함을 들으시고 칭찬하시며 벼살을 도도와 계림부 상셔를 하지시기 여러 승려들과 이별하고 길을 떠나 칠 년 동거하던 선생과 동문을 찾아 삼 일 동안 잔치를 크게 열고 금은 채단을 많이 주어 옛정을 표하였다. 그리고 본부로 돌아오니 성 중의 백성들이 즐거워하는 소리가 천리에 진동하였다.

차설. 황제가 이운선이 백성을 잘 다스리는 것을 기특하게 여기고 있었는데 이운선이 김공필 사건을 판결하여 해결한 것을 들으시고 칭찬하시며 벼슬을 높이시어 계림부 상서직을

이시고 사관을 보내시니라 사관이 교지를 밧자와 황쥬로 행하야 형주에 일으매 자사 마져 례필 좌정 후의 향안[75])을 배셜하고 북향 재배 후에 가속을 거나려 황셩으로 행할새 형쥬 일경 빅셩이 길을 막고 원류하거날 자사 면면효유하고 디경을 지나 황셩을 득달하니 본부 노비와 각노 택 비복이 원정의 나와 대후하더라 샹셔 탑전에 사은한대 상이 인견하시고 반기샤 전후 치민한 일을 칭찬하시더라 샹셔 본부의 도라와 부모 양위와 각노 부부의게 뵈온대 새로이 반기며 애즁함이 칭냥 업더라 이럼으로 여러 해 되매 샹셔 정실 김씨의게 삼남 일녀를 두고 춍첩 화션은 이자 이녀를 두엇스니 부풍모습[76])하고 춍명이 과인한지라 남혼녀가하여 자손이 만당하고 부귀공명이 당세에 웃듬이라 내리시고 사관을 보내셨다.

사관이 황제의 명령서를 받들고 황주로 행하여 형주에 이르니 자사가 맞이하여 인사 후 앉았다. 그리고 향안을 배설하고 북쪽을 향하여 재배한 후에 가족들을 거느리고 황성으로 떠나는데 형주 일대의 백성들이 길을 막고 이운선이 자사로 계속 있기를 원하였다. 자사가 면면이 알아듣도록 잘 타이르고 경계를 지나 황성에 도착하였다. 이운선을 계림부의 노비와 김각노 집 하인들이 먼 곳에서 나와 자사를 기다리고 있었다.

상서가 황제 앞에 나아가 사은하니 상이 만나 반기시어 전후 백성을 다스린 일을 칭찬하셨다. 상서가 계림부에 돌아와 부모님들과 김각노 부부를 뵈오니 새로이 반기며 애지중지함이 측량할 수 없었다.

이렇게 여러 해가 지나니 상서가 정실 김씨에게서 세 아들과 딸 하나를 두고 애첩 화선은 두 아들과 두 딸을 두었는데 자녀들 모두 부모를 골고루 닮아 총명이 남달리 뛰어났다. 아들딸들이 장가들고 시집가서 자손이 집에 가득하고 부귀공명이 당세에 으뜸이었다.

승상 부부와 각노 양위 무궁한 영화를 밧으시고 년광이 다 구십의 닐으셧난지라 고진감내[77]와 홍진비래[78]난 고금상사[79]라 각노 부부 먼져 기셰하시니 례를 갓쵸와 션산에 안장하고 삼상을 지내매 승상 양위 우연 득병하여 백약이 무효한지라 상셔 부부지셩으로 시탕하나 텬명을 엇지하리오 인하여 별셰하시니 상셔 부부 지극 애통하야 례를 갓쵸와 션산

승상 부부와 김각노 부부가 모두 무궁한 영화를 누리고 나이가 다 구십 살에 이르렀다. 고생이 다하면 즐거움이 오고, 즐거움이 다하면 슬픔이 오는 것은 예나 지금이나 마찬가지이다. 김각노 부부가 먼저 세상을 떠나시니 예를 갖추어 선산에 안장하고 삼년상을 지냈다. 그리고 승상 부부가 우연이 병이 들어 아무런 약도 소용이 없었다. 상서 부부가 지성으로 병시중을 들었으나 천명을 어찌하겠는가? 이로 인해 별세하시니 상서 부부가 지극히 애통하여 예를 갖추어 선산에

50

의 안장할새 만조백관이 호상하난 사람마다 뉘 아니 칭찬하리
오 츙노 개똥이 상셔 부부의 초려를 짓고 시묘하매 상셔의 애
통함을 위로하더니 셰월이 여류하여 삼상을 지내고 상셔 다시
개똥의 은혜를 생각하니 개똥의 츙셩은 만고의 웃듬이라 하고
츙노비를 셰울새 친필로 쓰되 만고 츙노의 골개똥이라 하시고
직품을 도도와 연쥬자사 겸 위장군을 하이시고 상셔의 벼살을
도도와 좌승상에 일으시니 승샹과 연쥬자사 셩은을 축사하여
행년이 팔구십의 부귀영화를 극진이 누리더라

십생구사 종

에 안장하였다. 만조백관이 장례에 참석하는데 보는 사람마다 칭찬하지 않는 사람이 없었다. 충성스러운 하인 개똥이 상서 부부의 초가를 짓고 시묘하며 상서의 애통함을 위로하였다. 세월이 물과 같이 흘러 삼년상을 다 지내고 상서가 다시 개똥의 은혜를 생각하니 개똥의 충성은 만고의 으뜸이었다. 그래서 상서가 충노비(忠奴碑)를 세우는데 친필로 쓰기를

만고(萬古) 충노(忠奴) 골개똥이라.

하고 직품을 높여 연주자사 겸 위장군을 내렸다.

상서의 벼슬도 높아져 좌승상에 이르니 승상과 연주자사가 성은을 축사하였고 나이 팔구십에 부귀영화를 극진히 누렸다.

십생구사 끝.

미주

1) 주궁패궐(珠宮貝闕): 귀한 보물로 아름답게 꾸민 궁궐.
2) 상산사호(商山四皓): 상산에서 난을 피해 살던 네 명의 노인들, 동원공(東園公), 기리계(綺里季), 하황공(夏黃公), 녹리선생(甪里先生)을 가리키는 말. 이들이 모두 눈썹과 머리카락이 희었기 때문에 '사호(四皓)'라 함.
3) 해학반도(海鶴蟠桃): 바다, 학, 반도 복숭아 등 없어지지 않는 것이나 수명이 긴 것을 뜻함.
4) 장장추야(長長秋夜): 길고 긴 가을 밤.
5) 전전불매(輾轉不寐): 이리저리 뒤척이며 잠을 이루지 못한다는 뜻.
6) 장우단탄(長吁短歎): 긴 한숨과 짧은 탄식으로 매우 탄식한다는 뜻.
7) 침상일몽(枕上一夢): 잠자리에서 꾼 꿈.
8) 횡액(橫厄): 뜻밖에 당하는 모진 운명.
9) 장중보옥(掌中寶玉): 손에 쥔 귀한 보물로 매우 귀하고 소중한 것이라는 뜻.
10) 십생구사(十生九死): 위태로운 죽을 고비를 수차례 넘기고 겨우 살아남.
11) 동서개걸(東西丐乞): 동서남북 사방으로 다니면서 구걸함.
12) 사해팔방(四海八方): 온 세상을 뜻함.
13) 유리표박(流離漂泊): 여기저기 정처 없이 떠돌아다님.
14) 대성통곡(大聲痛哭): 큰 소리 매우 슬프게 목놓아 욺.
15) 만첩청산(萬疊靑山): 푸른 산이 겹겹으로 둘러싸여 있음.
16) 조실부모(早失父母): 어려서 일찍 부모를 잃음.
17) 침상일몽(枕上一夢): 잠자리에서 잠시 꾼 꿈.
18) 근복문(謹伏問): 삼가 엎드려 물음.
19) 물비소시(勿祕昭示): 감추는 것 없이 밝혀 보임.
20) 금시초견(今始初見/今時初見): 지금 처음으로 보는 것임.
21) 술해(戌亥): 술시는 19시-21시, 해시는 21시-23시임.
22) 호생지덕(好生之德): 사형 당할 죄인을 살려주는 왕의 덕을 말함.
23) 소년등과(少年登科): 아주 젊은 나이에 과거에 급제함.
24) 화용월태(花容月態): 꽃같이 아름다운 여인의 얼굴과 모습을 표현한 말.
25) 장중보옥(掌中寶玉): 손 안에 든 보물처럼 귀하게 여기는 물건이나 사람.
26) 이 면에서는 '산산이낭'이지만, 31쪽에서는 '산산이팔'로 나온다.
27) 봉두난발(蓬頭亂髮): 머리털이 덥수룩하게 엉키고 흐트러져 있는 모양.
28) 존성대명(尊姓大名): 존귀한 성과 큰 이름이라는 의미로 다른 사람의 성과 이름을 높여서 하는 말.
29) 모사재인 성사재천(謀事在人 成事在天): 일을 꾀하는 것은 사람이지만 일을 이루는 것은 하늘에 달려 있음.
30) 성불성간(成不成間): 일이 안 되든지 되든지 간에
31) 천사만탁(千思萬度): 여러 가지로 생각함.
32) 만득자(晩得子): 나이 들어 늦게 낳은 자식.

33) 천신만고(千辛萬苦): 온갖 고비를 다 넘기며 아주 많이 고생함.

34) 운우지락(雲雨之樂): 남녀가 잠자리를 같이 하는 것을 이름.

35) 축귀경(逐鬼經): 잡귀를 쫓아내기 위해 읽는 경.

36) 유리표박(流離漂泊): 정해진 집이나 직업이 없이 이곳저곳 떠돌아다님.

37) 백골난망(白骨難忘): 죽어 백골이 되어도 잊을 수 없는 큰 은혜.

38) 충신(忠臣) 불사이군(不事二君), 열녀(烈女) 불경이부(不更二夫): 충신은 두 임금을 섬기지 않고, 열녀는 두 남편을 두지 않음.

39) 일필휘지(一筆揮之): 글을 한번에 죽 써 내려감.

40) 현제판(懸題板): 과거 시험 때 문제를 써서 거는 널빤지.

41) 지여부지간(知與不知間): 아는 사이인지 모르는 사이인지를 가리지 않음, 즉 알든 모르든 간에.

42) 만뢰구적(萬籟俱寂): 밤이 깊어 온 천지가 매우 고요함.

43) 상지상(上之上): 글을 평가할 때 최고 등급을 이름.

44) 금안준마(金鞍駿馬): 금 안장을 한 잘 달리는 말.

45) 이원풍악(梨園風樂): 궁중 잔치.

46) 여합부절(如合符節): 맞춘 듯이 꼭 들어맞음.

47) 주렴(珠簾): 구슬 등을 꿰어 만든 발.

48) 선풍(仙風): 신선 같은 풍채.

49) 옥골(玉骨): 옥같이 고결한 풍채.

50) 철석간장(鐵石肝腸): 철과 돌 같이 강하고 굳센 마음.

51) 화용월태(花容月態): 꽃같이 아름다운 여인의 얼굴과 자태.

52) 백년가우(百年佳偶): 평생 같이 살 아름다운 배필.

53) 합환주(合歡酒): 남녀가 잠자리를 함께 하기 전에 마시는 술.

54) 관후대덕(寬厚大德): 너그럽고 두텁고 큰 덕.

55) 해말(亥末): 해시(亥時)의 끝 무렵으로 밤 11시경.

56) 금옥탕창(金玉宕氅): 높은 벼슬을 하는 사람과 같은 고귀한 지위를 나타내는 복장.

57) 운빈화안(雲鬢花顔): 여인의 아름다운 머리와 얼굴.

58) 녹의홍상(綠衣紅裳): 녹색 저고리와 붉은 색 치마를 입은 고운 옷차림.

59) 돈수백배(頓首百拜): 머리가 땅에 닿도록 수없이 많이 절함.

60) 실성통곡(失性痛哭): 정신을 잃을 정도로 통곡함.

61) 시묘(侍墓): 부모가 돌아가셔서 3년간 무덤 옆에서 움막 짓고 사는 것.

62) 사건 전개로 보면 '백기삼'이라고 해야 적절하다.

63) 모야(暮夜): 깊고 어두운 밤.

64) 동헌(東軒): 지방의 관아에서 수령이 공사를 처리하던 건물.

65) 철천지원(徹天之寃): 하늘을 뚫을 만큼 큰 원한.

66) 황연대각(晃然大覺): 환하게 깨닫게 됨.

67) 납명(納名): 윗사람에게 이름을 말하여 왔음을 알림.

68) 족불이지(足不離地): 발이 땅에서 떨어져 있지 않음.

69) 불하일장(不下一杖): 매를 한 대도 치기 전에 순순히 죄를 자백함.

70) 자의(赭衣): 죄수가 입던 옷으로 죄수의 의미임.

71) 정문(旌門): 충신이나 효자, 열녀 등을 표창하기 위해 집 앞에 세우는 붉은 문.

72) 지기상합(志氣相合): 서로 뜻과 기가 잘 맞음.

73) 등대(等待): 미리 대기함.

74) 죽장망혜(竹杖芒鞋): 대지팡이와 짚신으로 간편한 여행 옷차림을 가리킴.

75) 향안(香案): 제사 때 향로 등을 올려놓는 상.

76) 부풍모습(父風母習): 외모나 행동 등이 부모를 골고루 닮음.

77) 고진감래(苦盡甘來): 고생이 다하면 즐거움이 온다는 뜻.

78) 흥진비래(興盡悲來): 즐거움이 다하면 슬픔이 온다는 뜻.

79) 고금상사(古今常事): 예나 지금이나 항상 있음.

저자 **서유경**

　　서울대학교 국어교육과를 졸업하고, 동대학원에서 석박사 학위를 취득하였으며, 현재 시립대학교 국어국문학과에 재직하고 있다.

　　주요 논문으로는 「공감적 자기화를 통한 문학교육 연구」(2002), 「고전문학교육 연구의 새로운 방향」(2007), 「〈숙향전〉의 정서 연구」(2011), 「〈심청전〉의 근대적 변용 연구」(2015) 등 다수가 있고, 저서로는 『고전소설교육탐구』(2002), 『인터넷 매체와 국어교육』(2002), 『판소리 문학의 문화 적응과 확산』(2016) 등이 있다.

십생구사

초판인쇄　2023년 12월 10일
초판발행　2023년 12월 21일

옮 긴 이　서유경
발 행 인　윤석현
책임편집　김민경
발 행 처　도서출판 박문사
등록번호　제2009-11호
우편주소　서울시 도봉구 우이천로 353
대표전화　(02) 992-3253
전　　송　(02) 991-1285
전자우편　bakmunsa@daum.net

ISBN 979-11-92365-48-0 (03810)　　　　　　　　　　**정가** 12,000원